SALVADOS
DE LA INTEMPERIE

ExLibric

ROSA MARÍA PÉREZ C.

SALVADOS
DE LA INTEMPERIE

EXLIBRIC

ANTEQUERA 2025

SALVADOS DE LA INTEMPERIE
© Rosa María Pérez C.
Diseño de portada: Dpto. de Diseño Gráfico Exlibric

Iª edición

© ExLibric, 2025.

Editado por: ExLibric
c/ Cueva de Viera, 2, Local 3
Centro Negocios CADI
29200 Antequera (Málaga)
Teléfono: 952 70 60 04
Fax: 952 84 55 03
Correo electrónico: exlibric@exlibric.com
Internet: www.exlibric.com

ISBN: 979-13-87944-42-1
Depósito Legal: MA 1352-2025

Impresión: PODiPrint
Impreso en Andalucía – España

Nota de la editorial: ExLibric pertenece a Innovación y Cualificación S. L.

ROSA MARÍA PÉREZ C.

SALVADOS
DE LA INTEMPERIE

Índice

Introducción de la autora

Este libro habla de angustias y desastres, pero habla sobre todo de esperanza. Esa que se presenta de la mano de segundas oportunidades cuando parece que todo está perdido y nos hallamos solos, derrotados, con nuestro propio dolor a la intemperie.

Como autora, me recuerda desde la humildad que la grandeza del ser humano no está exclusivamente en los logros de los que es capaz, sino en el propio camino de lucha, resiliencia y sueños que es preciso recorrer hasta lograrlos.

A veces conseguimos transmutar en águilas majestuosas tras haber sido gallinas timoratas.

Que el miedo no sea nuestro freno, sino la energía que nos haga avanzar, porque hay momentos en la vida en los que solo hay que rendirle cuentas a uno mismo.

Pretendemos estar tranquilos, alegres y apaciguados,
a la caza entre el triunfo y la decepción,
sin tentaciones ni trampas.

1

Otra clase de familia

La sangre te hace pariente. La lealtad te hace familia.

De anochecida volvimos al barrio de la Humedad. Íbamos los seis, como una patrulla desaliñada, en formación de dos en dos. La acera era estrecha e irregular. Olía a podredumbre y la basura se acumulaba en montones fuera de los contenedores. Ni la policía ni los basureros tenían mucho interés en pasarse por allí. En las esquinas, los camellos y drogadictos se movían desconfiados guardándose las espaldas, como alimañas en la oscuridad.

Los ocho grados de mediados de diciembre nos hacían ir encogidos y silenciosos para no respirar el aire frío de la noche. El Mugroso y el Napias iban delante. Yo iba con Nabor detrás. En medio llevábamos al Centavito y a la Bebé, los más pequeños.

El Mugroso iba envuelto en su chaquetón grueso, que al igual que su dueño no había pasado por un buen lavado en años. Desde atrás olíamos su peste, un olor desagradable como a arenque podrido.

El Napias ocultaba sus ojos fríos debajo de una gorra portuguesa demasiado grande para su cabeza. Su nariz de aguilucho le daba un aspecto intimidante. Lo considerábamos nuestro jefe. Desde que él iba con nosotros la banda del Quinto no se atrevía a hostigarnos. Era el mayor de los seis. De vez en cuando se volvía para sujetar al Centavito. El crío calzaba unas viejas botas camperas que había encontrado en la basura, demasiado grandes para sus pies contrahechos, por lo que constantemente se tropezaba, a punto de besar el suelo. Era muy pequeño y menudo, acompañado siempre de una respiración de asmático que, en algunas épocas del año, lo dejaba baldado y enfermo en el jergón.

Nabor iba a mi lado. Al chicarrón negro de Maracaibo ya no le asustaba nada. De todos nosotros era el único que alguna vez tuvo familia. Claro que en otro lugar y en otro mundo. Parecía un guerrero con su altura y sus brazos musculosos, hecho para la lucha cuerpo a cuerpo y el trabajo duro y pesado. En las noches oscuras lo único que veíamos de él era el blanco inmaculado de sus dientes.

A su lado, con el pelo rubio y los ojos claros, yo parecía un pupilo inglés viviendo en la miseria. Y probablemente fuese el bastardo de algún guiri abusón, que después de unas vacaciones placenteras regresó despreocupado a su país. Habíamos llegado a la altura de Las Paralelas donde estaban las rejas de entrada a las cloacas que desaguaban en el río, debajo del puente Aranda. Vivíamos, como otros muchos, en los túneles del alcantarillado de la ciudad. Ya estábamos acostumbrados. Este sería el cuarto año. Al principio habíamos tenido que aprender a orientarnos en el laberinto de aberturas y ramificaciones que recorrían el subsuelo de Bogotá. Por suerte encontramos un desagüe seco, que solo llevaba crecida con el agua de lluvia. Cuando eso ocurría nos bajábamos a la carrera de los nichos donde dormíamos para no morir ahogados.

Muchos dormían entre excrementos, asfixiados por el olor nauseabundo, acribillados por los mosquitos, enfermos de disentería y entontecidos por la marihuana, el bazuco o el bóxer. A menudo, dejábamos velas encendidas para evitar los mordiscos de las ratas que se movían en la oscuridad cuando llegaba el silencio.

Éramos los ignorados, los que desaparecían bajo el subsuelo sin ruido cuando atardecía, como cucarachas, ajenos a las luces y la vida de una ciudad que siempre miraba hacia otro lado.

El Nabor levanta a la Bebé y la sube sobre sus hombros. La chamita lleva unas alpargatas de tela que no sirven para andar entre las inmundicias de las cloacas. Sus manos pequeñas se agarran al cuello del grandullón. La cabeza le pesa y se le cierran los ojos. Antes de llegar al puente Aranda ya está dormida.

La Bebé es igual de menuda que el Centavito, pero algo más mayor. Puede que ronde los cinco o seis años. Es bonita como una flor, con el pelo negro, lacio y largo; la piel como dulce de leche con canela, y unos ojos tan azules que no pueden ser de este mundo.

Cuando la vimos por primera vez, ella bailaba con una falda de volantes colorida, tocando palmas y moviendo sus pies descalzos delante de un puesto ambulante en la plaza del Mercado.

La zona es muy de turistas en verano porque acuden a visitar el santuario de Monserrate en el cerro, con las mejores vistas de la capital. Luego, por la noche, se acercan a los clubes nocturnos de la ciudad, más allá de la plaza del mercado de Paloquemao.

Algunos de ellos se detenían al ver a la Bebé y le soltaban una monedita, incapaces de resistirse a su cara de ángel debajo del pelo tieso por la suciedad y los enredos. Ella sonreía y giraba más deprisa.

El Ralo, un mafioso de poco pelo del alterne, debía de estar pensando en el negocio, porque llevaba dos días rondándola con chucherías para ganarse su confianza. Ya sabíamos que había degenerados que solo iban con niñas. Y ella estaba sola.

Así que cuando el maldito buscón se volvió a acercar, el Nabor y yo fuimos a por él.

—¿Qué te trapicheas con nuestra hermana? —le solté sin preámbulos.

—¿Vuestra hermana? Debe de ser por milagro de la Virgencita porque ese que está a tu lado es más negro que el culo de un sartén.

—Es mi hermana de adopción, que lo sepas —le replicó Nabor.

—No me digas. ¿Y los papeles?

—Aquí están los papeles —respondió Nabor, poniéndole el puño delante de los ojos—. ¿Quieres verlos más de cerca?

—Bueno, bueno. *Semos homes* de negocios. Vamos a hacer un trato. Algo de plata y me llevo a la muñequita a dar un paseíto corto.

Y el Ralo sonrió mostrando su dentadura mellada y amarilla a causa del tabaco. La Bebé, como presintiendo el peligro, había colado su mano sucia en la mía. Llevaba semanas viéndome pintar retratos a los turistas que acudían a visitar la ciudad. Todos me conocían como Bosco. En verano me sacaba mis dineritos. Y en invierno robaba o lo que se diese. Pero siempre me resolvía.

—¿Tú no estabas con la vieja esa, la Meche? —le pregunté a la niña.

—Sí, pero cayó presa hace diez días, dizque por vender pegante.

—Entonces, ¿con quién estás? —volví a preguntar.

—Solita, pues —contestó la peladita encogiéndose de hombros.

El Nabor y yo nos miramos.

—Vente con nosotros. Ya te haremos un acomodo.

El Centavito estaba en la otra punta de la plaza sentado en una manta y con una lata vieja donde, a veces, le caía alguna limosna. Le hicimos una seña y él se acercó despacio, arrastrando su pierna contrahecha y respirando con ahogo.

A media tarde, cuando nos juntamos con el Mugroso y el Napias delante del garito del Turco, el jefe puso el grito en el cielo.

—¿Y por qué carajo te la has traído? ¿Nunca te han dicho que las mujeres no dan más que problemas?

—No es una mujer, apenas una peladita y bien esmirriada —le contesté.

—Haz lo que quieras, pero tú te encargas de su comida y de lavarle ese nido de momotos que tiene por pelo. No queremos que nos empioje a todos.

El Mugroso echó a andar delante. Apenas oída la palabra «lavar», ya le había entrado el tembleque. Un día de estos lo iba a tirar de cabeza al río con mis propias manos. Ya era cuestión de vida o muerte respirar a su lado.

Todos estamos ilusionados con un proyecto para el que andamos ahorrando desde hace casi un año. En una lata de café vamos metiendo cuanta monedita podemos juntar entre los seis. Ahí van a parar algunas de las que consigo con la venta de los retratos, la calderilla del Centavito, o el premio de los bailecitos de la Bebé. El Mugroso se saca su plata limpiando a manguerazos los residuos del Matadero Central. El Napias, de sus apuestas delante de los garitos de la Cuadra 22 y de pequeños robos. El

Nabor echándose al hombro las piezas de carne de sesenta kilos que traslada de los camiones frigoríficos a las cámaras de la plaza de Abastos y arrastrando con la carretilla las cajas de verduras y frutas que llegan del interior.

Generalmente, no pasamos hambre. En los puestos siempre nos dan lo que no sirve para vender porque está estropeado. Ya nos tienen confianza. Los días en que no hay nada, rebuscamos en la basura. Los días en que no sacamos ni un centavo, nos dormimos sin cenar.

Cuando el Nabor acaba su trabajo se junta conmigo en la plaza, en la zona de descarga de los camiones de Paloquemao, donde yo paso el día tentando a todos los que se me cruzan para que se hagan un retrato a carboncillo.

La mayoría ni siquiera se toman la molestia de mirarme. Apresurados, con la arruga de preocupación en la frente, únicamente ven el tamaño de sus propios problemas.

Desde mi rincón vigilo que nadie incomode al Centavito que aguanta sentado en su manta esperando a que caiga una moneda. Cuando el sol del mediodía le da de pleno, se cambia a la zona en penumbra de los pórticos, con los que están lisiados.

La Bebé baila para un músico marrullero que toca la guitarra y nos alquila a la chamaquita para el baile. Dice, sacando pecho, que él es un profesional y hace un espectáculo de calidad y varietés. Su repertorio es limitado, pero le pone sentimiento. Estoy convencido de que sin la Bebé no se comería ni un maní, pero todos tenemos que vivir a como dé lugar.

Cuando la tarde cae recogemos los bártulos y nos reunimos con el Mugroso y el Napias en el sitio de costumbre y seguimos a nuestro hueco en las cloacas.

De camino nos contamos cómo se ha dado el día. Entre risas y empujones llevamos nuestros cuerpos sudorosos a la entrada de Las Paralelas.

El día 6 de agosto nos levantamos temprano. O al menos eso decía el reloj de pulsera del Napias, su posesión más preciada. Se lo había afanado a un *despistao* en la entrada del centro comercial Metrópolis. Nos pusimos la mejor ropa que teníamos, hasta nos peinamos. El Mugroso con el careto despejado parecía casi guapo. La Bebé llevaba una flor azul de tela adornándole el pelo. Montamos en un colectivo a Tocancipá, el valle de las Alegrías, para visitar el parque Conde Duque que había sido inaugurado el año anterior. El Mugroso olía como una mofeta, pero no nos corrieron de la chiva porque llevábamos en la mano nuestros tiquetes.

Llegamos felices y animados a pasar el día especial con el que tanto habíamos soñado. Con el dinero de la lata de café nos surtimos en los puestos de la feria de perritos calientes con mostaza, arepas rellenas de carne y granizado de limón. Olía rico a flores y a comida. La música ponía en todo un ambiente festivo. La Bebé se encaprichó con un espejito que vio en un bazar, así que se lo compramos.

Después nos sentamos a la sombra de un solitario árbol sietecueros plagado de enormes flores magentas y lilas que ya empezaban a secarse. Comimos con las espaldas pegadas sobre la manta raída del Centavito, repartiendo el festín como hermanos, alimentando nuestra alegría con el sabroso relleno de las arepas. Luego sesteamos un rato bajo la sombra fresca del árbol solitario para hacer la digestión. Aproveché a dibujar retratos de todos, juntos y por separado, en un frenesí creativo que me llevó a agotar todos los carboncillos y el lápiz sanguina que llevaba. En mi bloc más grande hice el retrato de los seis y me pinté a mí mismo con trece años, copiándome la cara con el espejito de la Bebé.

No sabiendo cómo, era consciente por primera vez que aquellos que allí estaban eran mi única familia, con la que celebraba un día que, por especial, me emocionaba. Sentí en la garganta, más que nunca, la ausencia de las palabras «madre» y «padre», y me consolé a mí mismo repitiendo la de «hermano», en voz alta, solo para escuchar como sonaba.

Después recorrimos todo el parque temático, viendo el bergantín y una réplica del Taj Mahal y sujetando al Centavito cuando le daba la tos nerviosa. Lanzamos sin miramientos agua de los estanques al Mugroso, que le cogió el gusto a meter la cabeza, y acabó al rato con la piel lustrosa como el lomo de un manatí.

Entonces, con los colores de acuarela que me quedaban, nos dibujé una última vez saltando alborozados sobre el césped bien cuidado, con las risas cristalinas de una infancia indultada del mundo por un día. Allí recreé el verde exuberante del paisaje contra el telón de un cielo despejado, el naranja cálido del sol del trópico y el cautivador color azul de los ojos de la Bebé.

Avanzada la tarde, regresamos cansados y felices. Empezaba a refrescar y nos tomamos un chocolate caliente y unos bollos dulces con la última platica que nos quedaba. Dábamos la mano a los pequeños, y los mayores nos pasamos el brazo por los hombros, en un gesto de entendimiento y afinidad que nunca más volví a sentir.

Desde el puerto Candelaria vimos el espectáculo de fuegos artificiales que conmemoraba el nacimiento de la ciudad de

Bogotá, añorando la normalidad con la que otras familias disfrutaban de sus vidas sin sobresaltos. Y antes del anochecer volvimos, remolones, al mundo del que éramos forzados soberanos.

En noviembre de ese mismo año se nos murió el Centavito a causa de una crisis asmática. Falleció en la sala abarrotada de un dispensario, arropado por los brazos del Napias. Solo había un enfermero desbordado que no llegó a tiempo a atenderlo. Murió agitando las pestañas de sus ojos tristes, como un escuálido gorrión de patas tullidas. Lo único que le pudimos ofrecer fue compañía. Las lágrimas nos dibujaron a surcos un cuadro abstracto en las mejillas sucias.

A finales de febrero de 1984, el Napias murió al recibir un balazo. Volvía solo después de visitar a una chavala de la que estaba enamoriscado. La bala perdida lo encontró en mal lugar y peor momento. No pudimos recuperar su cuerpo.

Ese mismo año, en el mes de mayo, tuvimos la gran fortuna de que papá Jaime bajó a las cloacas y nos llevó con él a una de sus casas de acogida.

Papá Jaime, nos dio cobijo e identidad, cuidados médicos y estudios. Me costó años de mucho esfuerzo, pero acabé licenciado en Bellas Artes y trabajando como publicista e ilustrador. Siempre firmo mis obras como Bosco.

El Mugroso se formó como cocinero en un buen hotel de la zona turística de Cartagena, a orillas del Caribe. Ahora se acicala el uniforme blanco, bien peinado, y los únicos olores que admite son los de los guisos de su cocina.

El Nabor es camionero de transportes internacionales. Se arrejuntó con una criolla a la que, entre viaje y viaje, le hizo seis hijos café con leche, sanos y derechos como cañas de bambú.

La Bebé es muy conocida como modelo y actriz con el nombre de Analía Salgado. Está casada y lleva una buena vida. El amor hace que el azul increíble de sus ojos brille cada día más.

En alguna estancia de sus casas, al igual que en la mía, hay un dibujo enmarcado, hecho a carboncillo del día aquel en que la realidad sin sueños que nos tenía cautivos desplegó en nuestra espalda de alas de mariposa. Y volamos atando con invisibles lazos el errático destino que había unido nuestras vidas.

Termino de escribir aquí mi historia… Por la puerta abierta de la terraza oigo las risas de Alexandre, mi nieto de apenas dos años, que crece resguardado y feliz bajo la luz del sol.

En mi pequeño jardín las rosas rojas y amarillas rivalizan en exuberancia y color con el jazmín de noche, las orquídeas y los geranios. Bajo un árbol de flores blancas me siento a pensar y a dibujar, lo que sea que pase, porque el presente de cada día es maravilloso y gratificante. Durante años pinté con sueños y esfuerzo mi propio retrato de familia.

Y, aun así, hay noches en las que me despierto sobresaltado, anclado por segundos en un pasado en el que, de anochecida, seis niños atravesábamos apresurados el peligroso barrio de la Humedad, buscando el amparo de nuestro hueco inmundo en las cloacas.

Esas que aún existen, como agujeros negros, bajo la inmensa ciudad de Bogotá.

2

La piel al sol

No hay extensión más grande que mi herida,
lloro mi desventura y sus conjuntos
y siento más tu muerte que mi vida.
Miguel Hernández

Me despierta la luz colándose con intensidad por las ranuras de las contraventanas. Cada mañana me cuesta más levantarme de la cama y alzarme sobre mis pantuflas deformadas intentando no permitir que mis huesos viejos enmohezcan, derrotados en un rincón. Bajo y trasteo en la cocina, preparando café, y con la taza humeante subo a la solana para ver el amanecer que asoma desde Monte Castro. El sol aparece con la majestuosidad y la premura de los días de verano, que siempre me emocionan.

La cocina de Adela ya está encendida. Esa maldita mujer duerme menos que yo. No la deja su conciencia. Por robamaridos y por lianta llevamos medio siglo de enemistad, viviendo en la misma aldea, negándonos los saludos y guardándonos los rencores.

Voy a la leñera a por un balde. No me demoro en abrir ventanas ni en cerrar puertas, porque para trabajar en el campo es mejor ir por la fresca.

El terreno de la finca está baldío, devorado por zarzas y hierbajos. Solo puedo cultivar un trozo de tierra junto al río; una huerta frondosa creada gracias a la generosidad del agua, la espalda encorvada y humilde y la experiencia de estas manos que ahora trabajan al ritmo que les toca. Me pongo botas de agua antes de salir. La perrita me sigue fuera del portón. He olvidado el nombre que le pusieron mis nietas, así que la llamo Pinta.

Salgo y oigo la voz de Adela, que está fisgoneando desde su galería.

—¿A dónde vas, alma cándida? Desiste, *muller,* desiste, que tus verduras raquíticas no quieren ver tu cara arrugada.

—Mejor tener la cara arrugada que no el culo como tú, que cuando te sientas dejas marcas hasta en la silla. Si necesitas tomates buenos para la ensalada vienes y me los pides.

Ella suelta una risa rasposa, como el graznido de un cuervo.

—Yo lo único que necesité de ti lo tuve sin pedirlo. Me vino derechito a la puerta de casa.

Ríe con tanta fuerza que le da tos. Su lengua afilada me recuerda que de joven se acostó con Manuel el mes que yo estaba en Cancilla cuidando a mi madre. Pero es hablar con ella o con la Pinta, porque aquí ya no quedan más vecinos.

Yo podría hacer como otros y marcharme fuera o con mi hija, si me lo pidiera. Pero me gusta este silencio, la tranquilidad y el paso de las estaciones. Pienso morir aquí y que me entierren junto a Manuel. Fue un adúltero (él siempre juró que era mentira), pero nos aguantamos casi cincuenta años. Frente a eso, un mes de infidelidad no es nada.

Los viernes sube Evaristo, el del supermercado El Rincón. Nos trae las medicinas, las cartas y los recados. Es un hombre servicial. Ojalá viviera en la aldea. Tiene dos hijos que van a la escuela. En invierno los cinco kilómetros de pista hasta la carretera comarcal, que está asfaltada, se convierten en un barrizal. El ayuntamiento no se molesta en arreglar un camino para dos mujerucas que se resisten a dejar una aldea perdida sin interés para el turismo. A la gente le gusta la comodidad, estar con más gente.

La casa de los Conde se cae a trozos y me obliga a dar un rodeo. Resbalo en la hierba húmeda y me golpeo las rodillas. Intento levantarme apoyando la mano derecha en el suelo. Es una mano de vieja de ochenta años, con dos alianzas gastadas por el roce de la azada contra los dedos, por tanta ropa lavada contra la piedra, tanta tierra en las uñas, tanto pan amasado y tantas comidas cociendo en el fuego sobre la trébede. Y ahora, en mi casa, tengo todas las comodidades: estufa en invierno, cocina de chapa, lavadora, televisión y una nevera grande llena de comida. Cosas del progreso.

Hace tres años que mis nietas no vienen. La mayor me hará bisabuela en noviembre. Mi hija viene a veces. Estuvo de visita en abril. Tiene casi tres horas de viaje en coche, pero los sábados me llama. Quiere que vaya a una residencia. Dice que para que yo esté tranquila. Yo creo que es para que esté tranquila ella.

El hijo de Adela vive en Suiza. Vinieron a verla con un coche de esos de categoría, él y su familia. Adela casi revienta de orgullo. Y cuando la montaron en el deportivo para pasearla, las bragas se le cayeron a plomo contra el suelo. Vieja tonta.

Meses después seguía enseñando la caja de bombones que le habían traído. Solo comía uno a la semana para hacerlos durar.

—Tu hija no te trae nada. Solo disgustos.

—La última vez que estuvo trajo yogures.

—Sí, de oferta. Se peleó contigo y después se llevó todas las verduras que le cabían en el coche.

—Ella no me pide nada.

Estoy dolida porque siempre discuto con mi hija. Porque no es amorosa y considerada como el hijo de Adela, que la llama todas las noches.

Pinta me lame la cara. Es vieja igual que yo, con los pelos del hocico blancos. Cuando el dolor del rodillazo cede, me levanto y sigo adelante renqueando. Veo los perales y manzanos que plantó Manuel. La fruta se pudre en el suelo sin nadie que la recoja. Las fincas de pasto al lado del río también están con el heno seco y podrido. Sin ganado todo parece un campo de batalla.

Antes estaba Antonio, el del Colmenar. No hablaba, siempre con la radio pegada a la oreja, pero iba por las tierras con una docena de ovejas gordas como cerdos de matanza y mantenía todo limpio.

Llevo verduras para las gallinas. Adela prefiere comprar los huevos. Mira la televisión y da paseos por la pista. En verano pasea hasta el río y en invierno limpia la capilla y el cementerio. No hay misa, pero tenemos la llave para ir a rezar. Hace años que no rezo. No tengo nada que contarle a Dios. Y creo que él a mí tampoco.

En invierno Adela usa un gorro de colores con orejeras cuando va a limpiar. No quiere coger infección de oídos. Si yo fuese Dios le enviaría un rayo fulminante. Tiene que ser pecado mortal entrar a la iglesia con un gorro así. Alguien le pidió la lana por internet. Maldita presumida. Tan moderna y solo es tres años más joven que yo. Se pone como en la capital unas camisetas que llevan escrito en inglés *I'm sexy,* que en cristiano significa que eres atractiva para los hombres. Valiente pazguata.

Cada mes va en taxi a la peluquería y almuerza en un restaurante. A media tarde regresa, baja del coche contoneándose como una modelo, con el bolso colgando y las canas tapadas con tinte. Si tanto le gusta la capital, debería quedarse a vivir allí.

Soy desagradable y envidiosa. De Adela lo envidio todo: el cariño de su hijo, su optimismo, la buena vida que le dio su marido, que era maestro. Nunca tuvo que poner la piel al sol.

Los años y el abandono de la aldea nos han convertido en dos viejas que están solas, como dos banderas deshilachadas defendiendo un fuerte asediado que se cae a pedazos.

Vuelvo por la Retuerta con el balde. El año pasado tuvimos a una pareja con tres críos en la que fue la casa del médico. Daba gusto ver jugar a los niños y pena ver a los padres plantando el terreno al lado de casa. Las verduras crecieron enfermas y comidas por los limacos. Poca gente joven quiere trabajar la tierra. El campo se muere por el desinterés y la crisis. El gobierno no hace nada.

Les dejé una cesta con verduras en la puerta. Al día siguiente, el hombre entró a mi patio, dio los buenos días, cogió el hacha de la leñera y no paró hasta que tuve leña apilada para todo el invierno. Después dijo «hasta luego». Parecía de pocas palabras. Resultó que era extranjero y no sabía hablar español.

Los niños se comieron los bombones suizos que le quedaban a Adela. Hicimos mermelada de manzana y pera y recogimos moras y cerezas. Adela tejió tres gorros *orejeros* de colores para que los niños fueran abrigados en invierno. Nos acostumbramos a la música de sus risas y al sonido de sus pisadas menudas.

Al final del verano, la pareja cargó su caravana destartalada y se marchó con los críos. Los niños agitaron las manos por la ventanilla y nos lanzaron besos. Parecían ángeles de cabellos rubios y morenos por el sol, traídos solo para crear recuerdos. Los padres tocaron la bocina, con la intención ya puesta en un nuevo destino. La despedida fue corta y el invierno muy largo.

La puerta del taller de Mauro está apoyada contra la pared, arrancada de sus goznes. Vinieron en un coche a robar todas las herramientas de herrero con las que se ganaba la vida. La hiedra y el verdín suben por los muros hasta el techo. En el patio queda un rosal que alcanza la balaustrada de madera del corredor.

En la casa de Manuela, el viento que tuvimos en diciembre rompió una de las ventanas. Los pájaros han anidado en su sala. De una de las paredes cuelga un cuadro de la Inmaculada Concepción. Ella siempre fue muy devota.

Llegando a casa oigo la televisión. Adela ha vuelto de su paseo y está cocinando. Después de comer, se recuesta en el cuarto que da al norte. El calor aprieta, así que hago lo mismo. El ruido de la tele no me deja dormir. Esa vieja medio sorda quiere fastidiarme la siesta.

Cuando refresca, aprovecho para tender la ropa. Pinta está echada a la sombra. Le doy agua del pozo. Hablo por teléfono con mi nieta mayor para ver si el bisnieto de su tripa le da mucha guerra. Barro el patio y riego las plantas. La tele sigue puesta. No he visto a mi enemiga desde esta mañana. Es muy raro.

Me acerco, llamo y no contesta nadie. Cuando entro oigo una voz débil que sale de la cocina. Subo deprisa y la encuentro en el suelo, con una brecha sangrante en la cabeza y el cuerpo en mala postura.

—Por fin apareces —dice sin fuerzas—. Llevo horas llamándote. Creí que me iba a morir aquí, en chanclas y con la bata de casa.

El corazón me da un brinco por el susto, pero hablo como si nada.

—Poco se iba a perder sí estiras la pata. Pero ya que he venido llamaré a Evaristo y a la ambulancia porque esta vez estás jodida.

Me quito la chaqueta y tapo a Adela con ella. Está helada y blanca como el papel. Y yo, asustada de verdad.

Evaristo llega con la ambulancia a los veinte minutos. Traen a un médico joven. Enseguida se llevan a Adela al hospital.

Guardo en la nevera la comida, que se puede estropear, le riego el jardín y recojo la ropa. Cuando oscurece cierro su casa, llamo a mi hija y a Evaristo. La noche es igual que todas, pero hace tiempo que no la sentía tan triste. Mi hija aprovecha para recordarme el peligro que es vivir sola si eres mayor. Evaristo me cuenta que Adela tiene seis puntos en la cabeza, un hombro dislocado y un tobillo roto, pero estará bien pronto. Nuestros huesos son como nuestra vida, historias de acero y cristal escritas en papel mojado.

Ahora voy en taxi al hospital. He saqueado los jardines para preparar un ramo digno de una reina. Para que no me llame tacaña, compraré pastas cerca del hospital.

La enfermera de la recepción me pregunta:

—¿Es usted familiar de la paciente?

—Sí, somos enemigas de toda la vida —le respondo.

Me mira extrañada, dudando de si habrá oído bien, pero tiene una larga cola de gente por atender.

—Habitación 216, planta tercera.

El hijo de Adela está con ella. Se levanta a saludarme y me agradece por todo. Ha alquilado un coche para ir hasta la casa. Le digo que vaya y descanse, que yo cuido de su madre. Adela abre los ojos en cuanto él sale y mira con desagrado el ramo que tengo en la mano.

—Te he traído unas flores —le digo algo cohibida.

Parece muy poquita cosa entre tantas vendas.

—Si, ya veo que has decapitado a conciencia todo el jardín.

—También te he traído unas pastas. De pastelería —añado sin entrar al trapo.

—No tomo cosas con azúcar. Deberías saberlo.

¡Qué mentirosa! Siempre ha sido menuda, pero lleva media vida comiendo bombones y kilos de dulces de su alacena. Es la persona más golosa que conozco.

Dejo las flores y las pastas en la mesita, al lado de su cama. Huele a medicamentos y a desinfectante. Adela no habla durante un buen rato. Está muy pensativa. Después me mira.

—¿Sabes? Mi hijo quiere arreglar los papeles para que vaya con ellos a Suiza, o que me quede aquí en una residencia, si lo prefiero —dice—. ¿Pero qué voy a hacer yo en Suiza a mis años? Y lo de la residencia es peor.

—Entonces lo único que puedes hacer es morirte.

Finjo indiferencia. No voy a dejar que me rompa el corazón.

—Sí, eso haré al final.

Parece tan seria que me da miedo. Le coloco bien las almohadas. Sus manos tienen la piel fina y las uñas limpias. Nos miramos y veo el mismo miedo en sus ojos

—Siempre he pensado que moriría en mi casa, en mi propia cama. Va a ser imposible —añade con pena.

—Venga, no seas tan dramática, que bicho malo nunca muere.

Hablo con sorna para disimular que tengo ganas de llorar y sé muy bien por qué.

—Hay algo que te quiero contar desde hace años —dice—. Juro por Dios que nunca, jamás en la vida te puse los cuernos con Manuel. Quiero saldar cuentas antes de morir. Todo fue por un bulo de las hermanas de Lito. Tú eras tan orgullosa. Mi marido nunca hizo caso de chismes, pero tú sí. Por eso acabamos enemistadas.

—¿Y ahora me lo dices? —respondo muerta de tristeza.

Esta vez lloramos las dos. Descubro que no me cuesta perdonar. En realidad, mi rencor es solo una actitud, una costumbre de años, y no un veneno enquistado en el corazón por largo tiempo. Perdono, y el perdón me libera.

—Venga tonta, que sabes que en el fondo nos queremos mucho —le digo tocándole la cara en un gesto cariñoso.

Cuando salgo me despide alzando el brazo sano. Ya en la puerta me vuelvo y le digo adiós. Voy pensando que gracias a los cursos que su marido consiguió del Ayuntamiento aprendí hace años a escribir y a leer bien. ¿Si no de qué manera podría contar como Dios manda todas estas cosas?

Ayer hizo dos meses que Adela falleció. Se fue aquella misma noche, mientras dormía. Un paro cardíaco, según los médicos. Una gran putada de Dios, según mi opinión.

Mi hija está preparando la maleta. Pregunta qué quiero llevar a la residencia. Sobre la mesa tengo cinco cuadernos manuscritos para que mi nieta menor, que es periodista, escriba algo con ellos. La Pinta irá a una perrera. Lleva pegada a mí todo el día. En la cocina acabo el último cuaderno y pongo el título. Elijo el que va mejor a nuestra historia y a la de esta aldea, que en cuanto me vaya podrá morir en paz tras una larga agonía. En la primera hoja escribo «LA PIEL AL SOL» con buena letra, y debajo pongo mi nombre.

Miro de nuevo el paisaje que ha acompañado mi vida, y cierro los ojos, sintiendo en la cara la tibieza del sol de otoño.

Pienso en lo afortunada que sería si me muriese ahora.

Nota: *Este relato tuvo la suerte de ganar el primer premio de la V edición de relatos de la excelentísima villa de San Juan del Puerto (Huelva), tierra natal del insigne Jesús Quintero «El loco de la colina». Agradecimientos, prosperidad y buenaventura para todos sus hospitalarios habitantes.*

3

El impulso

A veces tienes que olvidar lo que sientes
y recordar lo que mereces.
Frida Kahlo

Es la media tarde de un día de junio, la terraza del paseo marítimo está a rebosar, y aquí estoy yo. Me veo francamente bien con mi buen corte de pelo, una buena manicura, ropa estilo marinero en blanco y azul y zapatos náuticos. Tengo la pata cruzada tras una mesa donde un aperitivo con un *gin-tonic* fresquito entra de lujo, llevo dinero en la cartera y un chico moreno, guapo y descamisado me pone ojitos apoyado contra la barandilla que da al mar.

Mientras decido si le envío señales claras de que tengo interés en conocerlo mejor, observo a la gente de otras mesas que charlan y se divierten. Aunque suene superficial, es maravilloso tener veinte años, ropa bonita, una talla treinta y ocho y estar sentada comenzando mis vacaciones en un lugar como este. La bachata que suena de fondo cambia de repente a la estridencia de una canción que no la conoce ni su madre. Doy un salto en la cómoda silla de mimbre de la terracita, solo para acabar golpeándome contra el cabecero de la cama.

Un momento.

Aquí algo no funciona.

Estoy en la cama y a mi lado hay un señor dormido, roncando como un poseso. Pestañeo, se me aclara la mente y vuelvo a mis sentidos. No me queda más remedio que recordar que ese señor calvo, cincuentón y sonoro es Pepe, mi pareja. El mismo que pone la alarma en su móvil para que sea yo quién se despierte.

Levanto la sábana con aprensión, para ver la parte de mí misma que está a cubierto. El panorama es desolador. Tapada por un pijama de franela está mi talla treinta y ocho de hace años devorada sin piedad por una talla cincuenta, caníbal y reincidente. ¡Dios mío!

Salto de la cama y el dolor de rodillas me advierte que los veinte años solo están en los sueños. El espejo del cuarto de baño lo ratifica. Todo el bienestar que sentía se va por el lavabo cuando el agua helada me despierta a la cruda realidad.

—¡Elvira! —vocea el oso roncador, recién despertado—. Hazme un café y un pan con *tumaca*.

Eso me recuerda que no hay nada para comer en la nevera y he de bajar a comprar. El carrito de la compra está castigado en la terraza desde la semana pasada, pagando injustamente por no dejarse llenar como Dios manda cada vez que bajo a los recados.

Los treinta euros que me quedan para comida no me van a alcanzar. Gano muy poco con las tres horas de limpieza, dos días a la semana, que hago en un chalet.

—No hay pan para tostar—le digo al señorito.

—Pues me pones dos magdalenas —contesta, muy creativo él.

—Las últimas te las comiste ayer.

—Entonces no me hagas café. Bajaré a desayunar al bar.

Pepe vive en la quinta dimensión. Su nirvana se llama bar Los Amigos, el lugar donde pasa horas meditando concentrado en las botellas vacías de cerveza y los cacahuetes salados con los que mata las horas y alimenta cuerpo y alma.

Cuando su equipo de fútbol pierde, Pepe sube con ganas de pelea, me tira a la cara la cena sencilla que con tanto esfuerzo he podido comprar y cocinar. A veces, decide que es un buen día para repasarme las costillas.

Pepe no trabaja. Es una idea que ni siquiera pasa por su cabeza desde hace meses. A menudo, tengo que esconder el dinero de la comida o me lo confisca para sus gastos.

Me visto y bajo a la calle sin desayunar. El carrito chirría quejumbroso. En el espejo del portal me veo las canas, el sobrepeso y la tristeza inconformista de mis ojos. Esta no debería ser mi vida. Yo aún tengo sueños. Quisiera mi cintura fina, mi juventud y mis náuticos para escapar muy lejos y no mirar atrás.

El viento frío de enero me traspasa. A la luz tenue de este día se ven con más claridad las mangas desgastadas del abrigo. Me paro un momento en la acera, para decidir dónde voy a comprar lo que pueda y robar lo que se ponga a mano. Un sitio en el que no me conozcan.

Sin pensarlo, en un impulso repentino me subo al primer autobús que viene. El billete me cuesta un euro ochenta y me bajo en la última parada del trayecto. Es una zona poco construida de las afueras, cerca de la terminal de autobuses de largo recorrido. También hay un gran centro comercial.

El carrito de la compra sigue chirriando, pero lo ignoro. El hipermercado es grande, con dos guardas de seguridad: uno en la puerta y el otro pululando por los pasillos. Aquí no va a ser fácil robar. Y no es mucho lo que podré comprar con los veintiocho euros con veinte céntimos que me quedan.

Doy vueltas durante dos horas. Me pruebo ropa que no me voy a llevar y me rocío a conciencia con la colonia de los frascos de los probadores. Compro todo de oferta o a punto de caducar, porque es más barato. Y sumo mentalmente para no pasarme. Después voy a la caja.

He sido buena chica. Hoy no tengo fuerzas ni para robar.

—¿Quiere comprar un rasca para la tómbola semanal de regalos? —me pregunta la cajera.

—No creo —le digo como si nada—. He salido de casa sin el tarjetero y traigo el dinero muy justo.

—Por un euro le damos dos rascas —insiste la chica—. Esta semana hay un bote de tres mil seiscientos veinte euros y muchos regalos más.

—¿Cuánto es mi cuenta? —le pregunto.

—Veintiocho con diez.

Por un momento dudo. Tal vez hoy sea mi día de suerte. Pero me quedan solo diez céntimos en la cartera. Aunque podría devolver la espuma de afeitar de Pepe. De todas formas, es un cerdo que solo se afeita cuando se acuerda. Por segunda vez en la mañana cedo a un impulso repentino.

—Vale, descuéntame la espuma de afeitar y dame dos rascas.

Después, me aparto a un lado. Con la moneda de diez céntimos rasco los cartones como si me fuese la vida en ello. El primer cartón me anima a seguir jugando. El segundo tiene una cantidad escrita. Por un instante miro, pero no veo. Después consigo leer: 3.620 euros.

Euros. De los de verdad.

Siento que me mareo. Recuerdo que no he desayunado. Acabo de ganar el bote de la tómbola de la semana, así sin más. Yo.

Luego todo pasa muy deprisa. Me llevan a las oficinas del gerente, a mí y al carrito quejumbroso semilleno de ofertas.

—Señora, por aquí. Vamos a hacer unas fotos para publicidad y le damos su dinero. ¿Quiere talón o efectivo?

—Efectivo, por favor, si no le importa.

El gerente pone el dinero en un sobre. Billetes de cincuenta. El color marrón es mi favorito desde ahora.

—Gracias. Es la primera vez en mi vida que gano algo.

—Le agradecemos su compra en nuestras tiendas, que pase un buen día.

—Muchísimas gracias. De verdad que aún no me lo creo.

Voy hacia las puertas de entrada con el dinero bien guardado en el bolsillo del abrigo. Una mujer arrimada a la pared exterior del local pide una ayuda para comer.

Como no hay dos sin tres, por tercera vez me asalta otro impulso repentino.

—Quédese con el carrito y la compra. Es todo lo que tengo —le digo a la mujer—. Donde voy ya no lo necesito.

Ella tampoco se lo cree.

El carro y la mujer se quedan atrás cuando echo a andar con paso rápido. La terminal de autobuses está a unos quinientos metros, los que me separan de mi nueva vida en un nuevo destino.

Entonces me acuerdo de la última orden de Pepe antes de verme salir por la puerta esta mañana.

—Elvira, cómprame tabaco cuando vuelvas.

Una sonrisa me ilumina la cara y poco a poco se convierte en una carcajada que no puedo contener. En mi cabeza se forma la frase aquella que todos conocen, y que en mi caso va a resultar premonitoria: «Salió a comprar tabaco y nunca más volvió».

Porque, si algo tengo claro esta mañana, es que nunca más voy a comprar tabaco para nadie, y nunca más voy a volver.

4

La reconciliación

La verdadera amistad no se trata de ser inseparables,
sino de estar separados y que nada cambie.

Aquel verano los dos fueron uña y carne. Cuando no iba a la escuela del pueblo, Manuel trabajaba en el campo con su padre. El chico rubio era hijo de un ingeniero alemán destinado en la fábrica de automóviles Volkswagen ubicada en la entrada de la ciudad. Estaba de alquilado con su familia en uno de los chalets con jardín de la urbanización Floresta. Su piel pálida, sus ojos azules y su cuerpo desgarbado contrastaban con la apariencia de Manuel, que era moreno, de cuerpo macizo y un cierto aire de gallito que ya le había causado más de un problemilla en la escuela.

La primera vez que se vieron, acabaron calentándose los morros por culpa de la bicicleta del forastero. El niño alemán se llevó la peor parte. Su bien planchada camisa de verano acabó manchada con la sangre que le brotaba de la nariz. A Manuel las patadas en las piernas morenas, acostumbradas a golpes y a rasguños apenas se le notaron.

La bicicleta era roja y nuevecita. A Manuel le hubiera gustado tener una igual, pero no había dinero para eso. Sin embargo, el camino de Postas era el territorio de su cuadrilla. Ninguno de fuera iba a pasar por sus caminos sin pagar peaje.

El niñato resultó ser más valiente de lo que pensaba. Hablaba un español cortante, con las erres marcadas, y en ningún momento alzó la voz. Pero dijo que el camino era de todos y pasó.

A su lado, Manuel parecía un perro callejero tratando de intimidar a un lince. El chico tendría, como él, unos nueve o diez años. Iba repeinado, con la raya al lado, y se había echado una especie de emplasto fijador en el pelo y un repelente para mosquitos que olía a insecticida. Durante la trifulca, Manuel lo había insultado llamándolo «mofeta apestosa» y el alemán le había devuelto el insulto llamándolo «cuervo». No sabían entonces que durante el resto de sus vidas se llamarían cariñosamente por tales apodos.

El chico se limpió la sangre de la nariz, y siguió camino abajo veinte metros más. Después se detuvo como si hubiera olvidado algo, se volvió e hizo una seña a Manuel que se había quedado quieto, con las manos en las caderas mirando a dónde se dirigía el de la bici. Esperaba que no se le ocurriese ir a la charca o a la atalaya, porque entonces la iba a liar.

—Eh. Tú, Cuervo. ¿Quieres dar una vuelta en bici? —preguntó el intruso al volverse.

—Mi nombre es Manuel… Mofeta apestosa—respondió el del pueblo.

—Y el mío Philip… Cuervo—contestó el otro desandando sus pasos y sonriendo.

A Manuel le dio vergüenza decirle que no sabía montar en bicicleta. Para disimular, le propuso otra cosa.

—Deja la bici en ese cobertizo. Es de mi abuela. Y vamos a robar manzanas.

—Yo no robo. Tengo manzanas de sobra en el frutero de mi casa.

—No tienes cojones. Eres un mierda, como pensaba —lo retó Manuel.

Philip lo pensó un momento. Llevaba dos semanas solo, aburrido de dar vueltas con la bici por La Floresta. Quizás era momento de aventuras.

—Está bien, vamos. Veremos quién de los dos se raja antes.

Era la hora de más calor, y los vecinos sesteaban en sus casas. En el huerto del tío Venancio los frutales con sus ramas cargadas de tentadoras frutas casi rozaban el suelo. Robaron manzanas, ciruelas y unos exquisitos melocotones que comieron con ansia bajo uno de los frondosos árboles de la atalaya.

A Philip la fruta le supo dulce como ninguna que hubiera comido antes. El jugo de las ciruelas maduras le bajó por el mentón, manchándole de nuevo la camisa. Supuso que la fruta robada, recién cogida del árbol, sabía así.

—¡Está buena, eh! Mejor que la de tu frutero, Mofeta.

—Sí —contestó Philip—. Pero ahora me tengo que ir antes de que mi madre vuelva de la ciudad. Si me ve con está ropa sucia me castiga. Nos vemos mañana, Cuervo.

—Ya veremos—contestó Manuel, que no quería reconocer la novedad de una recién iniciada amistad.

Volvió despacio a casa. El calor había disminuido un poco y su padre ya se había levantado de la siesta. Sentado bajo el emparrado, se tomaba una cerveza fresquita. Para un niño del campo las vacaciones de verano no eran días libres. Eran trabajos de recolección y sudor al sol. Hoy tocaba regar los huertos con su padre. En una cesta de mimbre tapada con un paño a cuadros, su madre había preparado una merienda cena para ellos: hogaza de pan, embutido casero, queso de intenso olor y una esponjosa tortilla de patatas. Cuando al atardecer su padre y él se detuvieran a descansar después de la primera tanda de riego, podrían disfrutar de los sencillos alimentos sentados contra el murete de piedra que bordeaba los huertos. El vino se mantendría fresco en la orilla del regato, bajo la corriente suave. Comerían a bocados los tomates, rojos y brillantes, recién cogidos de las tomateras, añadiéndoles una pizca de sal.

Su padre le dejaría darle un tiento a la bota llena de un vino oscuro, con cuerpo, que a Manuel le hacía sentirse importante, casi un hombre.

—No se lo digas a tu madre. —Le recordaba siempre —. Que sea nuestro secreto.

En la segunda tanda de riego, al filo de la medianoche cuando el aire refrescaba, su padre acostumbraba a encender un fuego para hacer un café oscuro de puchero de un aroma afrutado que se extendía por la pequeña caseta de aperos. Y en las brasas, en el hueco de un ladrillo, asaba dos chorizos de matanza cuya grasa chisporroteaba con ruido en las llamas, y cuyo sabor hermanado con el del pan de hogaza confirmaba que no hacían falta lujos, ni mesa ni mantel para disfrutar con gusto una comida. Solo sentarse al raso bajo las estrellas en una placentera noche de verano en compañía de su padre.

Ese día, por primera vez, Manuel pensó en que cenaría Mofeta, tan estirado y alemán. Si su padre, el ingeniero, compartiría con él una cerveza de nombre impronunciable. Y decidió que al día siguiente iría para encontrarlo. Le iba a preguntar eso y cómo era viajar en avión y vivir en una gran ciudad.

Se acostó de madrugada. Le despertó, a la hora de comer, el delicioso olor del pisto y la carne asada en la cocina de chapa. Comió con ganas y prisa para aprovechar su libertad de la hora de la siesta, y se guardó, envueltas en una servilleta, dos rosquillas de anís que la abuela había traído para el desayuno esa mañana. Una para él y otra para Mofeta, si es que el alemán aparecía. Y vaya si apareció. Con su ropa impecable y el repeinado pelo oliendo a lo mismo que el día anterior. Traía en la mano un álbum que resultó ser de la liga de fútbol de la última temporada. Manuel terminó conociendo al final de la tarde los nombres de futbolistas que nunca había oído y si eran delanteros o defensas. Prometió llevar al día siguiente su colección de soldados de la Segunda Guerra Mundial, figuritas de plástico que venían de regalo dentro de los paquetes de jabón de lavar que compraba su madre. Antes de despedirse, compartieron la merienda del Mofeta: un pan de sándwich relleno de paté que a Manuel le supo insípido, y las dos rosquillas de anís que a Philip le supieron a gloria.

En los días siguientes, Cuervo y Mofeta afianzaron su amistad. Philip le prestó sus tebeos de hazañas bélicas y Manuel su libro con ilustraciones de pájaros, regalo de su padrino que era maestro y vivía en la capital.

Fueron con la cuadrilla a darse un chapuzón en la charca, en donde la pálida piel de Mofeta acabó veteada por las rojeces y las quemaduras, y el pelo de un rubio pajizo despeinado, con la raya perdida en algún lugar de las frías aguas de la laguna.

Cuando finalizó el verano después de tantas correrías, Mofeta parecía también un perro callejero, desaliñado y con la camisa arrugada, por primera vez feliz, moreno y libre de sus disciplinas, y Cuervo se hacía la raya al lado, mojando en agua el peine en un vano intento de domesticar su tupé.

Se despidieron. Uno volvía a la escuela, el otro a un internado en Irlanda.

Se vieron en los siguientes veranos, cuando ya enfilaban la adolescencia. Perseguían a chicas en todas las fiestas patronales a las que podían ir. Mofeta había pasado de la bici a la moto. Ambos devoraban kilómetros para tomarse los primeros cubatas en el sitio de moda y bailar en el furor discotequero las canciones de los años ochenta.

Manuel había entrado como aprendiz en un taller mecánico. Philip comenzaría su primer año de universidad. Cumpliendo los deseos de su padre iba a ser ingeniero.

Cuando el contrato del padre expiró, la familia decidió volver a Alemania. Philip hizo un viaje de fin de curso a Suiza y volvió cargado de chocolates y bombones.

La caja más vistosa, con bombones rellenos de licor, almendras y frutos secos, era el regalo de despedida para el Cuervo. Este también le había preparado un regalo: una figura de un águila que él mismo había tallado con la navaja y grabado con la fecha.

El día anterior a la partida del Mofeta los dos amigos se pelearon a causa de una chica. Mofeta estaba loco por la chavala. Cuervo llevaba desde el mes de abril viéndose a sus espaldas con la muchacha, que también le gustaba. Ella, feliz con tanta atención, revoloteaba como una mariposa de uno a otro.

Mofeta lo vio como una deslealtad, y los amigos llegaron a las manos. La caja de bombones quedó olvidada sobre la mesa donde acababan de compartir momentos antes unas cervezas y un cuenco de aceitunas.

La figurita tallada por Cuervo fue a parar a una de las zanjas del renovado camino de Postas donde años atrás se habían conocido. Aquella madrugada, Mofeta volvió con una linterna al camino para recuperar su regalo. Al día siguiente, partió sin haber hecho las paces con su amigo. Hasta que el taxi enfiló el camino al aeropuerto, no perdió la esperanza de que Cuervo apareciese. Pero él no apareció.

Cuervo lo vio partir desde la atalaya, pero era más orgulloso que listo y dejó que el coche se alejara sin despedirse. Luego sintió un gran vacío. En los siguientes meses se disipó su enfado y escribió varias cartas a la dirección de Mofeta en Alemania. Dejó de insistir cuando todas fueron devueltas por destinatario desconocido.

La vida de Mofeta tomó otro rumbo. Contra el deseo de sus padres se hizo médico y recorrió el mundo como voluntario en hospitales de campaña. Se probó a sí mismo y probó sabores especiados y exóticos en comidas y bebidas de países a los que Cuervo nunca hubiera soñado con viajar. Desde el primer día escribió un diario de viajes, pensando en su viejo amigo y en lo que iba a disfrutar leyendo sus andanzas en el libro que pensaba publicar, y que iría con una dedicatoria especial para él. Hacía mucho tiempo que el motivo de la disputa había quedado en el olvido.

El día en el que el hospital fue bombardeado, Mofeta comía un arroz basmati sentado en el suelo de su tienda de campaña, tras un turno agotador.

Meses más tarde Cuervo recibió un paquete con sellos extraños. Dentro había un cuaderno manuscrito y una pequeña talla que le resultó familiar. Todo iba acompañado de una carta escueta en la que le comunicaban la desaparición del doctor Philip Stuttgart, su amigo Mofeta. Alguien había encontrado la última foto de los dos con su dirección del pueblo en el reverso, dentro del cuaderno manuscrito.

Cuervo guardó el envío en una caja de zapatos bajo su cama, al lado de unas figuritas de madera tallada. Veinte en total. Una por cada cumpleaños de Mofeta.

Cada noche leía unas páginas del manuscrito y se maldecía a sí mismo por su orgullo, por no haberse despedido, por no haber sido capaz de pedir perdón. Con tristeza comprendía que había perdido la oportunidad.

Era dueño de su propio taller, y tenía dos hijos y una esposa que no era la misma chica causante de la pelea. Su hijo mayor acababa de cumplir diez años. También se llamaba Manuel. Recorría con su bici el camino de Postas que ahora era una carretera ancha que desembocaba en la autopista. En los huertos que un día cultivaban su padre y otros propietarios, se habían construido modernos edificios de tres alturas y el primer hospital de la zona. Pronto, Cuervo tuvo noticias de que en consultas atendía un médico alemán en silla de ruedas que había llegado recientemente del extranjero con su mujer y su hijo. No supo qué clase de impulso le llevó a pedir cita. Mientras aguardaba en la sala de espera, su hijo Manuel daba vueltas con la bici en el parque cercano. Cuando la puerta se abrió, Cuervo y Mofeta se encontraron cara a cara y el tiempo dio un salto hacia atrás, al momento mismo en que disfrutaban con complicidad de unas cervezas y un cuenco de aceitunas. Se abrazaron efusivamente en una esperada reconciliación que había tardado veinte años, y para celebrarlo y ponerse al día de sus vidas, se bajaron a tomar un café de máquina. Hacía tiempo que Cuervo no tomaba un café tan malo, pero ni siquiera le importó.

Fuera, dos niños se juntaron en el parque para hacer una carrera con las bicis. Uno se llamaba Manuel, como su padre.

El otro era un chico rubio, alto para su edad, que dijo llamarse Philip, como el suyo.

5

Diario de una vampiresa

La gente interesada tiene socios.
La gente manipuladora tiene víctimas.
Solo la gente buena tiene amigos.

Voltaire

El Club Náutico está al completo. Es dos de agosto y toda la gente guapa que se precie se deja caer por aquí en cualquier momento del día, para ver y ser vistos.

Y yo hago lo mismo. Hoy me deslizo por la terraza exterior con vistas al puerto, sobre unas deportivas de marca que se complementan muy bien con un conjunto casual, moderno y elegante. Detrás de las gafas de sol, mis ojos escanean las caras de los sentados en las mesas, no vaya a ser que un saludo o una sonrisa equivocada me arruinen la mañana. Desde hace un tiempo los nuevos ricos proliferan en las tumbonas y sofás del club, siempre a la caza de amistades provechosas.

Sentadas en una mesa al fondo están Alberta y Laura, acompañadas de Didier. El hombre tiene la cara del color de las amapolas. Parece que de nuevo se ha excedido con la exposición al sol.

Alberta me hace señas, aunque ya la he visto. Nunca pierde la ocasión de anunciarles a todos que es mi mejor amiga. Laura ha ido a la peluquería. Hoy la han peinado de tal forma que parece llevar un nido de cigüeñas en la cabeza. Tiene mucho dinero, pero nunca podrá tener buen gusto.

Saludo con una sonrisa. Soy una diva mala persona, pero todos hacen ver que me adoran. Paso por tener cuarenta y nueve años, Berta, que es muy envidiosa, le ha dejado caer al jefe de camareros cotilla que puede que tenga cincuenta y tres. En realidad, tengo sesenta y uno.

Pero en este baile de números ¿Quién está para llevar la cuenta? ¿No son la verdad y el tiempo algo relativo?

Por el momento, consigo recomponerme cada mañana. No hay nada que un buen maquillaje y estilismo no puedan hacer. Y yo tengo a Vincent, que se ocupa de esos detalles desde mis épocas de actriz. Aún consigue que cada año tenga aspecto de *femme fatale* cuando me invitan a la fiesta de gala del Festival Internacional de Cine. Didier me retira la silla presuroso y, antes de acomodarme, ya tengo delante mi *cappuccino* favorito.

—Hermée, mira quién está entrando —me dice Alberta, tocándome el brazo.

Casi me atraganto con el café. A pasos largos y elásticos como los de un felino se acerca Leo Rappaz, el hombre del momento.

Leo es un zorro plateado con buena piel y huesos, una sonrisa perfecta y una abundante melena gris que contrasta con su rostro moreno.

Hace unos dos meses que apareció por aquí. Todo lo que se sabe de él son rumores y especulaciones. Multimillonario, dueño de viñedos en Francia, un castillo en Escocia, dos áticos en Nueva York, un avión privado…

Puse a mis fuentes a hacer trabajo de campo y he averiguado que tiene cincuenta años y está casado, pero nadie ha visto a su esposa. Mejor, eso me deja el campo libre. Porque a Leo le gusto y a mí me gusta cazar. Caza mayor, a poder ser.

En cuanto nos ve se dirige a nuestra mesa. A menudo repite su rutina. Llega, saluda, me besa la mano mirándome con intensidad, unos minutos de charla intrascendente para luego dejar caer una invitación a navegar, o a tal o cual, picnic o fiesta vip. Después, se aleja esquivando a media terraza que está con la oreja puesta, carcomidos por la envidia.

El único que pone cara de pena es Didier. Lleva años enamorado de mí. Cuando mi esposo pegó la espantada con la brasileña de veinte años y nos divorciamos, pensó que tal vez tendría una oportunidad. Quiero mucho a Didier, es un buen amigo, está forrado, pero no me apetece casarme con él. Eso sí, hace las mejores barbacoas de la historia.

Por algo es dueño de una de las principales empresas cárnicas del país y de una cadena de supermercados de primera línea. Lupita, mi cocinera, siempre tiene nuestra despensa bien surtida gracias a su generosidad.

La vista se me va a la mesa de Leo.

—Está casado, ya sabes, ¿no? —dice Laura.

—Muy bien no se debe llevar con su esposa cuando no la muestra en público.

—Un casado es un casado —insiste Laura.

—Sí, hija, sí. Pero si tan bien le va en su matrimonio no me debería entrar al trapo como un miura —contesto con fastidio.

—Tú verás —dice Laura encogiéndose de hombros.

Una cosa tengo clara. Ya no estoy en la edad de pelar la pava con un hombre durante meses. Tiraré la caña a ver si Leo muerde el anzuelo. La noche del último sábado del mes lo invitaré a mi casa. Si acepta, esa noche será la noche.

Termino de desayunar y luego mis amigos y yo vamos al campo de golf a pasar la mañana. Quedan veintiocho días para el día D.

Pondré a mis fuentes a trabajar de nuevo. Debo saberlo todo sobre Leo: qué come, qué cosas le gustan, cuándo duerme, qué le excita y hasta cuándo va al baño.

7 DE AGOSTO

Hoy me haré un tratamiento de belleza exprés. Quiero estar radiante para esta noche. Leo nos ha invitado a una fiesta exclusiva en el yate de un amigo.

De momento solo es invitado de honor en todos los eventos. Dice que está buscando una casa acorde a sus necesidades por la zona, por eso está viviendo en el mejor hotel de la ciudad con su asistente. Dice que cuando compre la casa hará una fiesta de inauguración de las sonadas.

Espero no estar en la lista negra para entonces, porque me encuentro asfixiada por las deudas, pero aún nadie lo sabe. Mi exmarido me dejó una mansión que pronto será pasto de los acreedores y una pensión mensual que no me alcanza para mi ritmo de vida. Y ya nadie me llama para hacer películas.

Tengo que encontrar un nuevo marido lo antes posible, que sea de mi agrado, sexi y, sobre todo, millonario. Exactamente uno como Leo. No voy a colgarme del brazo de cualquiera. Si antes de noviembre no lo consigo tendré que pasar al plan B que es casarme con Didier, aunque sea bajito, gordo y un nuevo rico sin clase.

A las ocho ya estoy lista. Llevo con estilo un vestido aguamarina que hace juego con mis ojos. Se ciñe a mi cuerpo de sirena como una segunda piel (y que se mueran las feas, que por algo sudo la camiseta a diario en el gimnasio).

Me contoneo como un péndulo sobre mis sandalias altas. Didier, que se ha pasado a recogerme me mira hipnotizado. Después de dos esposas abusadoras, aún no espabila. Me dan ganas de gritarle que soy mala persona y él un idiota. Pero no tengo tantos amigos como para permitirme hacer uso del desprecio. Me abre la puerta del Maserati y pone música de *jazz*. Algo suave y sugerente que rellena nuestros silencios durante los quince minutos que dura el trayecto hasta el yate Olympia, un derroche de lujo, color y luces anclado en la mejor zona del puerto.

Didier me ofrece su brazo y subimos la pasarela. Busco a Leo entre el gentío con disimulo, pero no está por ninguna parte. Al fondo veo a su asistente ataviado con elegancia, discreto y silencioso, vigilante tras sus gafas oscuras, como siempre.

Algo en su postura me recuerda a un depredador al acecho. Tal vez sea también el guardaespaldas encubierto de Leo.

Él aparece poco después riendo cortésmente las tonterías de una rubita veinteañera que va colgada de su brazo. Siento un ramalazo de rabia y celos que no es propio de mí. Cuando estoy celosa me vuelvo malhumorada y esquiva. El primero que sufre mis cambios de humor es Didier. Me mira dolido por mis palabras y se aleja con el pretexto de traerme una copa de champán.

Entonces el que se acerca es Leo. Usa conmigo su zalamería a la que respondo con cierta frialdad y desinterés. Solo lo justo, para que sepa que estoy molesta por algo, y que los dos sabemos que es.

—Esta noche estás espectacular —me dice besándome la mano.

—Supongo que esa frase ya la habrán oído antes tu esposa y la rubita bolso con la que ibas hace un rato—contesto, haciéndome la indiferente.

Leo suelta una carcajada. Se divierte. Cree que me tiene en el bote.

—Eso son relaciones públicas solamente. La chica rubia es la hija del anfitrión de la fiesta. Y mi pareja detesta estos eventos. Así que esta velada soy sinceramente tuyo—dice haciendo una graciosa reverencia.

—¡Ay! Lo siento, Leo, pero es que he venido con Didier —le digo como si nada—. Tal vez nos veamos en el Club mañana. Diviértete.

Por un segundo él abre y cierra la boca desconcertado. Luego se recompone, sonríe y contesta, susurrándome al oído:

—Te veré mañana entonces. Ya cuento las horas.

Me alejo, sin mirar atrás, en busca de Didier que observa mis maniobras desde la mesa del *buffet*.

—Querido, esta fiesta me aburre. Vayamos al Bahía Sea a comer marisco —le digo enlazando su brazo con el mío.

Él me premia con una sonrisa radiante que se mantiene hasta que alcanzamos la pasarela. Me aseguro de pasar cerca de Leo, finjo no verlo y que algo de lo que Didier me va contando es sumamente divertido. Porque Leo Rappaz ha sido un niño malo y esta noche debe pagar.

Sé que parezco una adolescente despechada e inmadura, pero ¿a quién le importa?

8 DE AGOSTO

Ahora es por la mañana y estoy quemando calorías en la cinta de correr. Este año no hay dinero para la lipoescultura. Mantener este cuerpo que Dios me ha dado es cada vez más difícil. En los vestuarios dos jóvenes modelos a la caza de *sponsors* hablan sin disimulo de Leo. Parece que nadie conoce aún a su esposa. Se especula si es de salud delicada. O peor aún, si es tan rica, pero tan fea que su marido debe gastar en solitario su fortuna.

Salgo del *gym* media hora después. Podría dejarme caer por el Náutico, pero ni Didier ni Laura ni Alberta están esta semana en la ciudad. Y no me apetece que el pegajoso Cecé, el gurú de los chismes del famoseo se me pegue como una garrapata.

Didier, siempre tan galante (hay que valorarlo), me ha dejado uno de sus coches con chófer para mis desplazamientos. Debo reconocer también que Didier es un tipo inteligente. Con la cantidad de hombres atractivos por metro cuadrado que hay en esta ciudad, él ha eliminado su competencia directa enviándome al más feo. No merece la pena practicar mis artes de seducción con el conductor. El hombre me abre la puerta con diligencia.

—Daré un corto paseo —le digo—. Recójame esta tarde a las cinco. Hasta entonces tiene el día libre.

Por la tarde haré una entrada triunfal en La Flor de Loto, el local de moda para tomar el té esta temporada. Mis fuentes me han asegurado que Leo pierde parte de su tiempo allí. Y no tomando té precisamente.

Artemisa Popoulos, viuda de un acaudalado naviero, está buscando reemplazo, y ha puesto sus fríos ojos de águila en la impecable osamenta de Leo. Y él se deja querer.

Por eso esta tarde voy a ir a darle el golpe de gracia. Quedan veinte días para el día D.

9 DE AGOSTO

En mi cara brilla una gran sonrisa de satisfacción. La tarde de ayer fue un rotundo éxito. A estas horas Artemisa Popoulos debe de estar en su lecho de dolor expulsando la bilis a base de lavativas. Porque Leo no solo pasó la tarde conmigo, sino también la cena y la recena.

Cuando ya me hacía ilusiones de sentarlo en mi sofá, me acompañó hasta la puerta de mi casa, y después se despidió como todo un caballero. *Quel dommage!!*

13 DE AGOSTO

Dentro de dos días se celebra el baile de las dos rosas en el Royal Casino. El evento empieza por la mañana con un torneo medieval en la plaza del Ajedrez entre un paladín con el emblema de «la rosa blanca» y un paladín con el emblema de «la rosa roja».

Las damas presentes añadimos una prenda al premio del ganador, ya sea dinero, una joya de cierto valor, ropa de diseño, etc.

Como no estoy para dar dinero, he entregado una moto clásica que mi exmarido se dejó olvidada en el garaje y que sé por mi experiencia de juventud que pega unos acelerones y unos brincos peores que los de un caballo desbocado. Para el paladín de la rosa roja, por supuesto.

15 DE AGOSTO, DÍA DEL BAILE

Ha ganado el paladín de la rosa blanca, un pequeño desquite para Artemisa Popoulus, la reinona de las blancas, que me está mirando con cara de perro resarcido desde que ha entrado. Le devuelvo la mirada y sonrío.

Cierto, querida, mi primer baile será para Leo. Ya lo vas a ver.

Soy, sin duda, una de las más fotografiadas del *photocall*. Me esfuerzo en sonreír poniendo mi lado bueno. Luzco mis joyas más valiosas. Un collar de esmeraldas a juego con pendientes y pulsera que se han salvado del expolio de los acreedores, junto con alguna otra cosilla que tengo escondida por ahí y de la que nadie más sabe.

17 DE AGOSTO

Uf, cada vez me cuesta más recuperarme de las fiestas hasta altas horas de la madrugada, del baile y del alcohol. Llevo dos días con una dieta détox intensiva. Vincent ha venido para aplicarme un tratamiento de colágeno en el cutis. Las burbujas del champán han reptado hasta mis ojos, convirtiéndose en finas patas de gallo que cantan la edad de mi rostro como esforzadas sopranos.

Pero Leo fue mío durante buena parte de la velada. Al fondo, siempre en primera línea, su misterioso y omnipresente guardaespaldas. Ya tenemos compromiso de velada. Leo vendrá a cenar el último sábado del mes. Faltan nueve días para el día D.

24 DE AGOSTO

Apenas he tenido tiempo de escribir esta semana. Parece que Leo se ha lanzado por fin a la piscina. Y de cabeza. Me agasaja con flores a diario, con paseos en yate, entradas a la ópera y un corto viaje en helicóptero a la isla Mai para tomar las aguas termales.

En fin, crece mi fama de robamaridos y la suya de conquistador. Alberta y Laura ponen excusas para no dejarse ver conmigo. Son de la vieja escuela. Odian los escándalos. Y Didier, mi pobre Didier, encadena borracheras de ginebra como cuentas de un rosario y ya no me habla. Faltan solo dos días para el día D.

26 DE AGOSTO, EL DÍA D

Lupita, mi cocinera y asistenta, va de cabeza. Hoy quiero que todo esté impecable. Me muevo por toda la casa, nerviosa, dando órdenes. Ella me sigue diciendo: «Sí, señorita Hermée» mientras refunfuña entre dientes palabras que no deben de ser muy buenas.

Le he pedido que cocine unos entrantes; un pato a la naranja con guarnición y ensalada, y una tarta casera, y que después desaparezca.

Le he hecho creer a Leo que soy una excelente cocinera. Todas sabemos que a los hombres también se les gana por la panza.

Me visto elegante, pero discreta. Vincent ha venido a primera hora de la tarde para hacerme un maquillaje ligero y un recogido que ayuda a destacar aún más el verde legendario de mis ojos.

Me pongo el delantal de Lupita sobre el vestido. Ella menea la cabeza al verme y después se va sin despedirse. El pato está en el horno. La cocina huele a algo delicioso y hogareño. La mesa para dos está puesta con gusto en la salita de diario, haciendo que todo parezca informal, sin etiquetas. Ya solo falta el invitado.

18:00 H DEL DÍA D

El deportivo de Leo se detiene con suavidad junto al portón. Al volante, como no, va su asistente/guardaespaldas. Antes de bajar, Leo y él charlan unos minutos, casi parece que tienen una discusión. Después, Leo intercambia unas palabras con el guarda de seguridad que hace la ronda y echa a andar hacia mi puerta. Por fin voy a cosechar el fruto de mis esfuerzos. Abro la puerta con una amplia sonrisa.

Leo viste un traje de verano con un polo oscuro debajo. Luce atractivo y juvenil. También sonríe. Me besa en ambas mejillas, diciéndome al oído que estoy preciosa. Trae una botella de buen vino, que llevo al refrigerador. La casa sigue oliendo a hogar y comida casera. Le digo a Leo lo que estoy cocinando y gano el primer punto de la velada. Me acompaña a la cocina mientras intento, a duras penas, encontrar el bol adecuado para la ensalada entre el batiburrillo de menaje que Lupita usa a diario.

Leo observa con una media sonrisa mis ensayados movimientos de buena cocinera. Aliño la ensalada sin que se note que la última vez fue cuando tenía trece años y estaba en nuestra cocina de la Provenza con mi madre al lado. Todo sale a la perfección. No cabe duda de que aún soy muy buena actriz.

Día D, 19:30 h

La cena transcurre bien. Leo pregunta más que contesta, pero se le ve relajado y feliz. La botella de vino está casi vacía, y tengo la extraña sensación de que me la he bebido toda yo sola. Mañana tendré que felicitar a Lupita porque la comida estaba deliciosa. Recojo los platos para servir el postre. Y Leo se ofrece a ayudar. Aún a riesgo de fastidiar mi costosa *manicure*, le digo que yo recojo, que estoy acostumbrada.

Él regresa a la salita y yo revuelvo de nuevo los armarios buscando platos de postre. Cuando regreso, él ha servido dos copitas de licor dulce del carrito de bebidas (Dios mío, tendré que dejar de comer durante, al menos, una semana para ponerme al día con la dieta).

Voy hasta el fondo del salón principal para crear ambiente con un poco de música. Algo bailable y melódico. Y de paso ofrecerle a Leo un plano largo de mi bien torneada retaguardia. Me decepciono un poco cuando vuelvo la cabeza y él está simplemente mirando la pantalla de su móvil.

8:10 P. M. DEL DÍA D

La velada no va mal, pero no progresa. Leo no baila, prefiere sentarse en el sofá a charlar. Yo prefiero la cercanía cuerpo a cuerpo, pero si no puede ser eso, me conformo con *mettre les têtes ensemble*. Leo me rehúye. Se sienta en el extremo más alejado del sofá. El carísimo mueble en color ocre parece una barca sin remos, a la deriva en un estanque sin patos (sospecho que el último que quedaba nos lo hemos comido para cenar).

Cena que, por cierto, me está cayendo pesada. Me siento algo somnolienta.

Vamos, Hermée, no es momento de dormirse.

—Discúlpame, querido, me ausentaré un momento.

Y corro al baño a refrescarme.

Noto un ligero mareo. Me siento sobre la tapa del inodoro… Y eso es lo último que recuerdo.

3:00 A. M.

Me despierta un ruido. Estoy en el dormitorio, tapada con el edredón, completamente vestida y sola. En la mesita de noche hay una nota.

> *Querida:*
> *Estabas tan agotada que te quedaste dormida.*
> *La velada ha sido encantadora. La repetiremos.*
>
> *Leo*

Maldito sea, se ha ido dejándome sola. En plena madrugada. Me levanto y me acerco a la ventana. Un sudor frío me recorre la espalda cuando veo la escena que se desarrolla en el portón de entrada. Leo se dirige al portón con pasos rápidos llevando una bolsa. En la entrada lo espera el siempre disponible asistente. Leo sube al coche y ambos se abrazan y se besan apasionadamente.

La cabeza me da vueltas. Leo, el conquistador, el perseguido de mujeres, es gay. Todo lo gay que se puede ser sin que nadie lo note.

Cuando bajo a trompicones al salón todo sigue inmutable, como si en mi vida no hubiera ocurrido una catástrofe. Siento la cabeza a punto de explotar. Me tomo un analgésico con un vaso de agua y me vuelvo a la cama. Hay batallas que cuesta mucho perder, pero mañana será un nuevo día.

29 DE AGOSTO, TRES DÍAS DESPUÉS DEL DÍA D

Creí que solo iba a ser una batalla, pero estoy dentro de una guerra encarnizada. Al levantarme por la mañana, después de aquella noche infame, descubrí que la caja fuerte de mi gabinete y el escondite secreto de mis joyas habían sido forzados. También había desaparecido mi joyero y dos pinturas de valor de mi despacho. Un robo que ascendía a más de un millón de euros.

Y todo había salido por la puerta en la bolsa de Leo. Aviso a la policía, que viene de inmediato, y llamo al teléfono de Leo repetidas veces. En ningún momento da señal.

Es la propia policía quien me informa. Leo o como se llame y su marido, que se hace pasar por su asistente, son ladrones profesionales de alto nivel, buscados por la Interpol en varios países. Han desaparecido del Hotel Grand Continental, dejando una kilométrica cuenta de gastos impagada, lo mismo que en la sastrería Imán y otros locales vip.

Entre sus víctimas están Mimí Levent, una conocida *top model* entretenida entre plató y plató por las exclusivas atenciones de Leo, mientras el marido, alias el Asistente, le desvalijaba la casa sin reparos.

El tonteo de Artemisa Popoulus le hizo perder la colección de valiosos relojes de su finado marido, y otras damas y caballeros que han preferido permanecer en el anonimato, han sido también engañados y robados. No está mal para el supuesto Leo, todo un pluriempleado. Novio de todas y amante de ninguna.

Me siento burlada y humillada. Meteré cuatro trapos en una maleta y voy a desaparecer. Los rumores pronto serán como cuchillos afilados. No voy a estar aquí para que me tatúen la piel.

31 DE AGOSTO, CINCO DÍAS DESPUÉS DEL DESASTRE

Esta mañana ha llegado una orden de embargo de la mansión. Los buitres carroñeros ya se han enterado de que he caído en desgracia y viene a por su parte del festín.

Alberta y Laura llevan dos días ilocalizables. De Didier no sé nada desde hace una semana.

26 DE NOVIEMBRE, CASI TRES MESES DESPUÉS

No se está tan mal en esta casita junto a la playa. Es pequeña, sin lujos, la única herencia que conservo de mis padres. Aquí voy descalza y sin maquillaje, amparándome en el anonimato. Es curioso lo poco que una precisa cuando no ha de estar en el candelero. Y lo importantes que son los amigos. Hasta Vincent me ha abandonado. El rumor de las olas es muy relajante... y los pies descalzos sobre la arena fina me traen recuerdos de mi adolescencia cuando soñaba con ser actriz. No contesto llamadas de nadie, ni siquiera de Didier. Se ha molestado en escribirme dos correos que he borrado sin leer. Los días empiezan a parecerse, todos iguales, pero curiosamente eso no me importa. Quizás adopte un perrillo que me haga compañía. Los animales siempre son fieles.

Al fondo, por la orilla desierta, veo a alguien que se acerca. Su forma de andar y su figura me resultan conocidas. Vaya, ¡Qué sorpresa! es Didier.

Cuando llega a mi altura, me sonríe. Está más delgado y menos moreno que hace tres meses. Me da vergüenza que me vea desarreglada y sin maquillaje, con mis sesenta y un años a la vista, envuelta en una manta, como una anciana, despojada de mi insufrible altanería.

Trae en la mano un único crisantemo, mi flor favorita. Y cuando habla me sorprende aún más.

—Ya te has tomado tu tiempo. Cásate conmigo cuanto antes —dice con voz pausada cuando me entrega el crisantemo—. El resto de las flores están en mi casa. No dejes que se marchiten las que quedan.

—Pero no tengo nada que ofrecerte. Estoy arruinada —contesto con tristeza.

—Tu compañía es más que suficiente —dice mirándome a los ojos.

Por primera vez, me fijo en la dulzura de sus pupilas color miel, y lo encuentro atractivo, sin manipulaciones, sin intereses ocultos. Un hombre sin dobleces ni engaños ni artificios.

Alguien que de verdad me ama.

—Sí —le digo, abrumada por su generosidad, sincera por primera vez en años.

Cuando él me abraza su colonia me recuerda al olor de la ropa recién lavada tendida al sol. Y pienso que nunca, antes de ahora, me había sentido tan bien.

6

Bella Aurora

Si habito en tu memoria, no estaré solo.
Mario Benedetti

Estoy sentada sobre un taburete bajo, frente al viejo sillón *beige* de felpa. Y, despatarrada sobre él, está mi madre. Lleva una bata de verano con dos grandes bolsillos en los que a cada rato esconde las manos.

Es difícil hacerle comprender que para cortarle las uñas es necesario que las extienda sobre mi regazo, sin apretar los puños como un bebé.

Sus manos tienen la piel fina, las venas marcadas y los dedos torcidos a causa de la artritis. La piel del rostro es igual de fina. Sigue llevando el cabello largo, recogido en un moño trenzado. Me gustaría cortárselo para mayor comodidad a la hora del aseo. Pero eso sería como robar parte de su identidad. Cuando salimos, siempre le pongo una horquilla de flores sujetándole el pelo quebradizo y cano.

—¿Quién va a ser hoy la mujer más guapa del paseo del río? —le pregunto con exagerada alegría mientras está frente al espejo de cuerpo entero de la entrada.

—No sé. Esa, ahí —dice señalando su imagen en el espejo.

—Esa señora de ahí eres tú —le respondo.

—No, no. Esa es vieja —contesta algo ofendida.

La respuesta siempre me hace sonreír.

La radio está sintonizada en un programa de música de boleros. Cuando suenan las canciones mueve ligeramente el pie derecho, calzado con una zapatilla de casa desgastada. Tomo nota de que he de comprarle unas nuevas. No quiero que se resbale por el pasillo de camino al dormitorio.

Cuando termino, me lavo las manos en el viejo fregadero y pongo al fuego la cafetera. A mamá le sigue gustando el café con leche en un tazón grande, con pan migado.

Mastica muy despacio, como un niño pequeño. Se mancha la bata y se limpia la boca con el dorso de la mano. La limpio con una servilleta.

A veces, ese gesto le molesta; saca su mal genio e intenta golpearme con la fuerza inesperada de sus brazos escuálidos.

—Está rico, ¿no?

—Sí, rico.

Mamá se va encerrando más en sí misma. Aún responde con coherencia a mis palabras, pero cada vez más a menudo contesta con monosílabos.

No recuerdo en qué momento dejé de ser su hija para convertirme en la persona que la cuida. Ya no me reconoce. Siento una enorme tristeza porque al perder sus recuerdos también se pierden parte de los míos que viven en ella.

—¿Te acuerdas del año que fuimos de vacaciones a Lisboa? —le pregunté un mes de junio como este de hace cinco años.

—¡Como para no acordarme! —contestó rápidamente—. Fue, de toda tu vida, la vez que peor te has portado. Tenías siete años, pero parecía que tenías tres. Tu padre juró no ir de vacaciones nunca más.

Recojo y limpio la mesa. Voy a por el álbum de fotografías. La tarde está lluviosa. No daremos nuestro paseo diario. Le preguntaré de nuevo por aquellas vacaciones de hace treinta años. A veces, es más fácil recordar algo antiguo que algo reciente.

—¿Te acuerdas de las vacaciones de Lisboa?

Ensimismada, toca suavemente una fotografía de mi padre. De un padre con treinta y siete años, que sonríe a la cámara, intentando disimular el cansancio de perseguir por todos lados a una cría hiperactiva.

—¿Quién es el de la foto? —pregunto de nuevo.

Me mira desconcertada, abre la boca como para contestar y pasa de golpe más hojas del álbum.

Hay un retrato de ella llevándonos a mi hermano Luis y a mí de la mano. Se la ve joven y guapa. Lleva un vestido de un color verde aguamarina que le sienta perfecto a su piel y a su figura, la melena suelta y los labios pintados. Parece una actriz de cine.

Cuando murió mi padre, hace cuatro años, fue como si la vida de todos se detuviera. Con el tiempo, mi hermano y yo conseguimos poner la nuestra de nuevo en marcha. Pero mamá se quedó en las diez de la mañana de aquel dos de agosto, cuando tras la noticia, el centro de su mundo se rompió como un cristal.

Sigo pasando hojas del álbum. Encuentro algunas de mis fotos. Pequeña, pecosa, con cara de traviesa. Ya entonces me gustaba la música. Mamá me apuntó a clases de guitarra.

Sin saber cómo, me descubro tarareando una vieja canción de mi niñez. A la vez que recuerdo la letra me vienen a la memoria imágenes de mi madre, aún joven, cantando con buena voz. Cantando en las mañanas de domingo, mientras ponía mermelada de fresa en las tostadas. Cantando en las noches de infancia mientras nos arropaba con la colcha.

Y siento la necesidad de oír otra vez la melodía, aunque sea yo quien ahora deba cantarla con esfuerzo. Y sacudirme por un momento esta clase de vida que está durando siglos.

Cuando la aurora tiende su manto
y el firmamento viste de azul
no hay un lucero que brille tanto
como esos ojos que tienes tú...
Bella Aurora si es que duermes
en brazos de la ilusión,
despierta si estás dormida, morena, sí,
para escuchar mi canción.

Levanto la vista cuando algo humedece la foto que estoy mirando. Mamá tiene sus ojos fijos en mí y una lágrima le humedece la mejilla. Por primera vez en meses me mira como si me conociese.

—Anita, hija, ¿cuándo has llegado? ¡Qué mayor te has hecho y qué guapa estás! ¿Por qué has tardado tanto en venir a verme? —dice tocándome la cara con su mano fría.

La sorpresa y la emoción me impiden hablar y solo disfruto del milagroso instante que acompaña a la caricia inesperada. Entonces, el tiempo retrocede cuando mamá empieza a cantar con su voz clara, como tanto tiempo atrás hacía. Sin dudar, uno mi escasa voz a la exquisita cadencia de la suya, deseando que el precioso momento que compartimos no se termine nunca.

Fuera, la tarde da paso a la noche. En un firmamento inusualmente despejado empiezan a lucir las primeras estrellas, más brillantes que nunca. Tal vez esperan, como yo, la llegada de otro amanecer donde de nuevo la aurora venza al ocaso y, por un momento, el cielo que nos cubre vuelva a ser intensamente azul.

7

Punto de partida (I): varados

Hay lugares donde uno se queda,
y lugares que se quedan en uno.

Lugar: Aeropuerto Adolfo Suárez. Madrid-Barajas.
Sala de espera para el vuelo Madrid-París.
Mediados de diciembre.

Circunstancias: A causa de una tormenta de nieve, el aeropuerto está cerrado a la espera de que mejoren las condiciones climáticas.

Aburrida de dar vueltas, me siento en una de las zonas de descanso, confiando en que pronto se reanuden los vuelos. En este momento, en la sala solo hay cuatro personas más. Practico mi pasatiempo favorito: intentar averiguar, a través de la observación, rasgos de su personalidad y circunstancias de su vida.

Lo hago siguiendo tres pasos:

1. Lo que yo creo que son las cuatro personas que están en la sala.
2. Lo que las cuatro personas que están en la sala creen que soy yo.

3. Lo que realmente somos las cinco personas que nos encontramos en la sala.

PASO 1: *Lo que yo creo que son las cuatro personas que están en la sala*

El hombre sentado tres asientos a mi izquierda es relativamente joven, unos treinta y cinco años. Viste con exquisita elegancia un traje oscuro de invierno con camisa en tono rosa palo y corbata bien combinada con el traje. Calza zapatos negros de buena calidad, sin cordones. El pelo corto es castaño claro, con un asomo de canas en las sienes. Lleva puestas unas gafas oscuras.

En el asiento de su izquierda, bien doblado, tiene un abrigo de cachemir negro y un maletín de viaje del mismo color.

Sus manos finas y de uñas cuidadas sujetan un móvil con unos auriculares que lleva puestos en los oídos.

Por cómo mueve el pie derecho marcando ritmo, se diría que escucha música.

Cuando se ajusta un poco más las gafas oscuras sobre la nariz, deja a la vista los puños de su camisa cerrados con unos elegantes gemelos grabados con iniciales.

No consigo verlos muy bien, pero parece que son las letras G. L.

Todo en su apariencia da la imagen de un ejecutivo exitoso que va o vuelve de un viaje de negocios. Eso despierta mi interés.

En la fila de atrás, se encuentra un caballero de mediana edad (quizás unos cincuenta años) que lee con atención un *dossier* abultado. No, parece que estudia más que lee el contenido del *dossier*. Está totalmente concentrado.

Ni siquiera levanta la vista cuando me siento. Eso me molesta. Generalmente, no paso desapercibida para ningún varón, tenga la edad que tenga.

Viste de forma elegante, pero discreta. Una americana de mezclilla algo pasada de moda, camisa sin corbata y pantalón oscuro comprado todo seguramente en la sección de confección de unos grandes almacenes.

En el asiento de su derecha descansa un periódico en español y un portafolio en color *beige*.

Tiene el rostro sereno y concentrado, y cuando se quita las gafas de leer que lleva puestas, me mira directamente con unos ojos de color azul intenso y saluda con un «buenas tardes» amistoso. Tal vez sea profesor, catedrático de universidad o algo así.

Su acento parece argentino.

Tengo la idea de que son muy buenos conversadores, pero ahora mismo no me apetece hablar. Voy a sacar el libro.

Al lado de la máquina de café hay una joven peinada con dos coletas que le llegan a los hombros.

Tendrá algo más de veinte años. Mastica chicle mientras revisa su móvil. Sus uñas son largas y las lleva pintadas de un color rojo chillón.

Calza botas tipo militar con medias de rejilla y una minifalda a cuadros que combina con una camiseta de amplio escote y un *choker* del que cuelga un crucifijo con piedras de colores. Tiene los ojos oscuros, perfilados en negro y unos labios pequeños y finos sobre los que, cada cierto tiempo, se aplica un labial de cacao.

En algún momento, siente frío y saca de su mochila una chupa de cuero y una *pashmina* de esas que venden en los mercadillos. Se pone ambas cosas con cuidado para no romperse las uñas.

Después, sigue enredando con el móvil. En el asiento de su derecha tiene la funda de un violín. Diría que es una estudiante que viaja para pasar las vacaciones de Navidad con su familia. No parece agobiada por ninguna clase de preocupación. No como yo, siempre colgada de una cornisa.

En su misma fila se sienta una mujer mayor muy delgada. Viste de forma corriente, en tonos grises y marrones. La ropa le cuelga un poco como si no fuese de su talla. No va maquillada y su pelo necesita un corte y un tinte con urgencia.

En su regazo tiene una de esas voluminosas bolsas étnicas de tela estampada con asas de madera de la que saca dos agujas de tricotar y una madeja de hilo en color verde menta. Parece que está tejiendo un jersey. Odio que la gente teja en público, no soporto el ruidito que las agujas hacen al entrechocar, me crispa los nervios.

Me recuerdan a mi abuela materna con la que mi madre me dejaba largas temporadas durante mi infancia. También tejía chaquetitas de bebé para vender, y entre el punto del derecho y el del revés, me regalaba calificativos como: inútil, fea, ojalá nunca hubieras nacido…

La mujer podría ser ama de casa, o tal vez empleada en alguna oficina. Diría que nunca se ha casado. Sus manos, de uñas cortas, no lucen ningún anillo.

El ejecutivo sexi del traje caro apaga el móvil y se quita los auriculares. Abre el maletín de viaje y saca un bastón que despliega sin levantarse del asiento. Un bastón de ciego. Luego, midiendo las distancias, se pone en pie, recoge el abrigo y el equipaje y se va en dirección a la cafetería del aeropuerto andando con seguridad.

En el lateral de su maletín de viaje veo su nombre cuando pasa esquivando asientos. Giuseppe Leopardi, G. L. Es italiano. Un hombre que podría ser de mi interés, si no fuese ciego. Huelo el perfume del dinero cuando pasa por mi lado.

PASO 2: Lo que las cuatro personas que están en la sala podrían pensar de mí

Giuseppe oye el taconeo de alguien que se acerca. Los pasos son cortos, rápidos y vigorosos. Una mujer joven.

Lo segundo que percibe es el perfume. Es delicado. Como a flores frescas. Esencia de rosas y lavanda.

La mujer se sienta cerca, a su izquierda, suspira y arrima la maleta, seguramente una de cabina. El frufrú de sus ropas le indica que lleva una falda larga y ha cruzado las piernas. Se la imagina guapa y con el pelo rubio y largo cortado a capas, quizás los ojos verdes y una piel de porcelana. Bueno, siempre hace lo mismo. Su patrón de mujer ideal no ha cambiado con los años.

Diego levanta la vista del *dossier* que está estudiando. Es marino mercante y va a Marsella para realizar un examen de homologación.

Lo necesita para el puesto de capitán de buque mercante que le ha ofrecido una naviera argentina. Es una gran oportunidad para su carrera.

Cuando ve a la mujer que se ha sentado enfrente, y que él tan concentrado como estaba ni se ha dado cuenta, queda impactado. Le parece muy atractiva, unos treinta años, vestida con elegancia y discretamente maquillada. Desde que se quedó viudo hace ocho años no se ha parado mucho a mirar a las mujeres. La saluda con agrado, ella contesta también con cortesía, y a continuación saca un libro de su bolso y se enfrasca en la lectura.

Le asombra ver que en la portada del libro unas letras grandes en color verdoso indican que es un tratado de horticultura. Esta no parece una mujer de campo. Es muy sofisticada.

La barrera del libro corta cualquier conversación por el momento.

Lucy levanta la vista de los videos de TikTok del móvil y ve a la mujer en la fila de atrás. Podría pasar por *influencer*. Se fija mejor por si es famosa, pero no la conoce.

Le gusta cómo lleva el pelo rubio cortado a capas y rizado con una buena rizadora. Un buen corte hecho por un buen peluquero.

A ella le gustaría ponerse ese color. Pero su novio Marcus es un puto controlador que todo el tiempo le está diciendo cómo vestir, cómo peinarse y qué decir. Bueno desde ayer es su exnovio.

Ahora se va a joder. Tiene un concierto con su grupo de folk irlandés el viernes. Ya verás cuando el cabronazo vaya a echar mano de su violín y vea que no está.

Eso por la bofetada que le dio en el *pub* delante de todos. Con ella no se juega. Nunca más se va a dejar humillar.

Cómo le gustaría ser una mujer como esa. Probablemente su marido la consienta, la lleve a viajes maravillosos. O la espere en París para cenar delante de la torre Eiffel a la luz de las velas.

A ella solo la espera una madre cabreada.

Lo primero que la vieja le dirá cuándo llame a su puerta pidiendo que la reciba de nuevo es: «Ya te lo dije».

Pilar teje una chaqueta para una de sus muchas hijas de la misión de Nueva Delhi.

Confía en volver pronto. Ahora ya está recuperada de su enfermedad y aquí se siente fuera de lugar.

Ve a la preciosa mujer del otro lado de la sala. La luz del mediodía pone reflejos dorados en su pelo. Parece una persona sin carencias en su vida, sin preocupaciones.

¿Pensará ella alguna vez en los que no tienen nada, desde el sofá de su cómodo mundo?

Quizás para eso tendría que haber conocido lo que es la pobreza.

PASO 3: Lo que realmente somos las cinco personas que estamos en la sala

Yo: Soy una farsante en el pleno sentido de la palabra. Me disfrazo de mujer bella y elegante, pero soy fea por dentro.

Me hago pasar por maquilladora y estilista. Me mudo de ciudad a menudo, para que nadie me reconozca. Me cuelo en los círculos sociales de la gente guapa. Seduzco a maridos, los chantajeo, enemisto amigos, vendo amigas. Después, desaparezco.

Cuando vienen malas rachas soy señorita de compañía, mantenida, y lo que haga falta.

El dinero es mi prioridad. Sé muy bien lo que es la miseria. Es como un lodo apestoso del que cuesta mucho salir. Voy a París a encontrarme con un empresario mafioso ruso con mucha pasta que se ha encaprichado de mí por Instagram.

Si juego bien mis cartas podría convertirme en su tercera esposa.

Cree que tengo veintinueve años. Desgraciadamente, tengo diez más y hace veinte que no me hablo con mi madre.

El *Tratado de Horticultura* es en realidad mi agenda secreta. Ahí tengo toda la información sensible que necesito saber sobre cada personaje de mi interés. La información es poder, ya se sabe.

Giuseppe Leopardi: Soy el hijo bastardo no reconocido de Ernesto Montefiori, respetado propietario de una empresa vinícola en la Toscana, y de Anna Leopardi, empleada vendimiadora de sus campos a la que engañó con promesas y luego dejó tirada.

Crecí viendo desde mi habitación la inmensa casa solariega de los Montefiori, sus fiestas y sus autos de lujo. Todo a lo que tenía derecho por sangre y que siempre me fue negado.

Con diecisiete años me convertí en el gigolo de una inglesa rica que vivía en Siena. Fui lo bastante listo para sacarle todo el dinero que pude.

La dejé tirada en un hotelito de montaña en Suiza, y me volví a Milán para estudiar Diseño.

Mi apariencia me convirtió en modelo y en el capricho de un conocido modisto gay, que más que vestirme lo que quería era quitarme la ropa.

Cuando me hice lo suficientemente rico me largué de nuevo.

Monté una empresa de publicidad con un socio español. Me dediqué a viajar entre Madrid y París por asuntos de trabajo. Un accidente con una lancha motora en Cannes me dejó ciego.

Estuve casado. Mi mujer me abandonó cuando perdí la visión. Tengo una hija de siete años que vive conmigo. Se llama Anna Leopardi como mi madre, la única mujer que he conocido que merezca la pena.

En su lecho de muerte mi padre, deseando ponerse en paz con Dios, me mandó a llamar. Quería darme su apellido e incluirme en su testamento. Le tiré las dos cosas a la cara.

Diego: Fui un mal marido y sigo siendo un mal padre. Siempre en el mar, descuidé a mis hijas y a mi esposa. Ni siquiera estaba cuando enfermó. La noticia de su muerte me llegó mientras cruzaba el golfo Pérsico. Fui poco menos que un intruso en su funeral.

Tengo cincuenta y cuatro años y soy un desconocido para mis hijas. Me limito a trabajar y estar fuera de casa.

Hace tres meses he sido abuelo por primera vez. Aún no conozco al recién nacido.

No tengo raíces familiares, pero empiezo a soñar con poner los pies en tierra firme, sentarme junto al fuego a contar historias de viajes a mis nietos. Si consigo este trabajo, en cuatro o cinco años me retiro. Espero que no sea demasiado tarde.

Pilar: Como monja todos me conocen como Sor Luz María. Colaboro con mi congregación en uno de los hogares para niñas huérfanas de Nueva Delhi. Todas pertenecen a la casta más baja, la de los intocables.

Soy hija y nieta de magistrados de renombre. Estudié en un buen colegio para señoritas de Londres. Me educaron en la religión católica.

Estaba destinada a ser la buena esposa de un militar de carrera. Diez días antes de la boda, él decidió que era buen momento para fugarse con mi hermana Carolina.

Ante eso solo pude poner tierra de por medio.

La vocación religiosa vino después. Tras el desengaño y el odio, y después de viajar mucho y ver la pobreza y la desesperanza.

Voy a París por deseo de mi hermana. Carolina está muy enferma y parece que quiere hacer las paces conmigo.

Dios dice que el perdón nos libera. Creo que esta liberación va a exigir un jugoso rescate.

Voy a aprovecharme de mi ventaja y le pediré a Carolina una buena donación para el hogar. Ella puede permitírselo.

Podría darle gratis mi perdón, pero se lo voy a cobrar. A Dios rezando y con el mazo dando.

Lucy: Regreso a casa de mi madre. No tengo dinero ni trabajo. Acabo de romper mi relación con Marcus. No me espera un buen recibimiento. Siento que, como el cangrejo, voy marcha atrás. Pero en este momento no sé qué más hacer.

8

Punto de partida (II): la mujer de arena

La única regla del viaje es:
no vuelvas como te fuiste, vuelve diferente.
Ann Carson

Generalmente, desde el amplio ventanal del salón, se ve una panorámica completa de Madrid. Pero en este día de mediados de diciembre, con el aguanieve que no cesa, da la sensación de que personas y paisaje lucen apagados y grises.

El apartamento es coqueto y está decorado con gusto en tonos claros y suaves.

Hace casi un año que Nelly vive aquí. El alquiler es carísimo al ser una de las mejores zonas de la ciudad, la ideal para llevar a cabo su trabajo.

Le gusta vivir por encima de sus posibilidades. Por eso se ve obligada a realizar trabajos complementarios para llegar a fin de mes y cubrir sus deudas.

En el mueble de la entrada tiene unas originales tarjetas de presentación donde se anuncia como maquilladora y estilista profesional con el nombre de Diana Alcázar.

El nombre no significa nada para ella. Es uno de los muchos alias que se ha visto obligada a utilizar en los últimos veinte años.

Al lado de las tarjetas está el teléfono móvil para asuntos del otro trabajo, operativo a cualquier hora del día o de la noche, cuando se requieren sus servicios como acompañante, o como chica para fiestas privadas en las mansiones de lujo de las afueras.

Casi se había hecho a la idea de estar a tope esta semana antes de Navidad con las comidas de empresa y los arreglos de maquillaje y vestuario para los distintos eventos, cuando le llegó la invitación de Vania Petrovich para pasar unos días en París con él.

Sobre la cama *queen size* del único dormitorio se encuentra abierta una elegante maleta con algunas prendas cuidadosamente dobladas en el interior.

En el suelo, ya cerrada, descansa una más pequeña y el maletín de maquillaje, todo a juego con la grande.

Encima de la mesita de noche, al lado de los documentos, tiene el billete de avión para el vuelo de las 11:45 de la mañana. Debe darse prisa.

Piensa en Vania Petrovich. El único atractivo del ruso es su fortuna de dudosa procedencia y el hecho de que se ha encaprichado de ella tras haber visto por Instagram unas fotos suyas en una fiesta con amigos.

Nelly confía en ser capaz de sacarle la máxima rentabilidad a esta invitación, dado el poco tiempo del que dispone.

Ha hecho sus averiguaciones y sabe que Vania está divorciado de su segunda esposa. Si juega bien sus cartas, ella podría convertirse en la tercera. A estas alturas se siente tan cómoda mintiendo que no se le ha movido ni una pestaña al decirle que tiene veintinueve años, se llama Diana y es modelo profesional.

Ya tendrá tiempo de contarle una parte de la verdad después, si se da el caso.

Hace un tiempo que ya siente la intranquilidad de una edad que avanza (el año próximo cumple cuarenta), el fastidio por la presencia de mujeres jóvenes y universitarias, que son una clara competencia en fiestas donde antes ella era la reina, la inestabilidad de no tener nada que sea de su propiedad: ni esposo, ni hijos, ni un hogar que pueda llamar suyo. Es cierto que su ropa y sus bolsos son de primeras marcas y de reconocidos diseñadores. Pero todo eso se queda obsoleto de un año para otro y no hay peor humillación que verse señalada por vestir la ropa de la temporada anterior.

Aun así, ha sido previsora. En una caja de seguridad de un banco en Roma tiene un puñado de joyas de valor. Una pequeña fortuna para la vejez.

No quiere acabar como su madre. Lo último que supo de ella era que el indeseable le había dado la gran patada, dejándola en la calle, y ahora vivía en la vieja casa del pueblo, casi en la miseria.

Nelly lleva puesta una delicada bata de terciopelo encima del pijama. El tacto del tejido, tan agradable, le trae el recuerdo de los toscos jerséis de invierno que su abuela materna le tejía con lana reciclada de piezas que se le habían quedado pequeñas.

Este recuerdo se encadena con otros muchos de la vieja bruja tejiendo chaquetitas de bebé para vender y regalándole, entre punto y punto, palabras tan agradables como: inútil, fea, ojalá te hubieras muerto al nacer…

Aún, hoy en día, siente que la ponzoña de sus palabras le raspa la piel como papel de lija.

Siente el mismo terrible frío en los pies, en todo el cuerpo, de cuando con siete años la dejaba durmiendo en la alfombra del zaguán, castigada sin saber la causa, o los bastonazos que recibía por no ser agradecida o haberla mirado con soberbia.

No era soberbia, no. Era odio.

Así murió, sola como un perro. Si hay justicia divina a estas alturas los gusanos no habrán dejado de ella ni los huesos.

Una o dos veces al año, su madre venía de visita, oliendo a perfume barato, con el pelo teñido de un color distinto en cada ocasión y montada sobre unos ridículos tacones poco apropiados para un pueblo tan pequeño. La niña recibía un paquete de los dulces que le gustaban, y la vieja un sobre abultado que desaparecía con premura en el bolsillo de su bata.

Su madre la besuqueaba, dejándole las mejillas manchadas de carmín, mientras le decía un «cielito» tan falso, que ni siquiera la niña en su inocencia era capaz de creer.

Después llegaba un coche con un hombre al volante que no se bajaba ni para abrirle la portezuela. Su madre subía al vehículo y se iba. Hasta la siguiente vez.

Durante unos días la abuela la trataba bien. Había veces que tenía chocolate con pan para merendar, o le compraba leotardos y botas para el invierno, algo nuevo aparte de la ropa usada y desgastada que siempre tenía que llevar.

Cuando por la mañana temprano la oía golpear con saña los cacharros en la cocina y remover las sillas, Nelly ya sabía que la tregua se había terminado.

La vieja era como un péndulo que oscilaba en los extremos, sobre todo en el extremo malo.

Por suerte, no la privaba de ir al colegio. Pero ese era el otro tormento al que Nelly se veía sometida.

—¿Sabéis? Ayer vino mi madre a visitarme. Me ha traído un montón de regalos. Pasamos el día en la ciudad. Me llevó de tiendas y a comer a un restaurante caro. Por eso no vine a la escuela —les dice a las pequeñas arpías de clase que le restriegan todo lo que hacen y todo lo que tienen sin un átomo de compasión.

—Tu madre es una puta. Todo el mundo lo sabe —dice una.

—Mi madre trabaja en un hotel. Es relaciones públicas, y gana mucho dinero. Se está construyendo una casa enorme donde tendré mi propia habitación.

—Tu madre es una puta. Pregúntale a tu abuela. Y tú no tienes padre. Eres una bastarda.

—Eso no es verdad, mi padre está en Canadá. Le escribe cartas a mi madre; tengo una foto.

—A ver la foto —dice otra— que la veamos.

La Nelly niña enseña una foto recortada de una revista, de algún actor que no conoce, pero que le pareció adecuado para hacer de padre.

—¡Anda, ella! Eso es de una revista. Si es tu padre ¿Por qué no llevas su apellido? —dice una pequeña rata con pecas y gafas, tan suertuda que tiene padre, madre y tres hermanos.

La crueldad duele. Nelly se va a la otra esquina del patio con la cabeza baja, derrotada por una injusticia que no comprende. Y encima es bajita y fea. Si al menos hubiera nacido guapa, podría ser una actriz famosa y todas querrían ser sus amigas. Se pelearían por invitarla a sus cumpleaños y pasearse por la calle principal agarradas a su brazo.

Atrapada en una realidad absurda, Nelly creía lo que todos decían. Creía en su fealdad, en su insignificancia, en no ser digna de amor. Pero la vida no esperaba a nadie y, aún de mala forma, los años fueron pasando.

Cuando cumplió trece años, su madre la sorprendió llevándola a vivir con ella. La segunda sorpresa fue que se había juntado con un individuo desagradable al que miraba poniendo ojitos como si fuese un dios.

Convertida en ama de casa, la mujer se volvió sumisa y dependiente. Nelly comenzó a prepararse como esteticista. Aprendió a maquillarse y a vestirse con gusto. Los hombres se volvían a mirarla, y ella descubrió, sin poder creérselo, que realmente era preciosa.

El hombre desagradable también se había dado cuenta. Lo primero fueron las miraditas que le revolvían el estómago. Después los toqueteos ocasionales, como por descuido, cuando su madre no estaba presente. Un día que se encontraba sola en casa ocurrió el desastre. El tipo llegó de la calle medio borracho, la golpeó y la violó. En el cuarto de baño vomitó hasta la bilis, en la ducha se frotó hasta hacerse sangre. El agua se llevó por el desagüe su asco y su dolor. Pero su madre se negó a creer y Nelly supo enseguida dónde estaba su lealtad.

—Eres una desagradecida. No puedes ir por ahí contando mentiras de la gente. Carlos es un buen hombre, trae la comida a esta casa, paga tus estudios y gracias a él no tengo que trabajar en lo de antes.

—Mamá, él me ha violado.

—No te le habrás insinuado tú, ¿no? Mira que últimamente te vistes un poco así. Te juro que si me la juegas te pongo en la calle y me va a dar igual que seas mi hija. Me ha costado mucho llegar donde estoy para que tú lo tires todo por la borda.

—¿Tirar el qué, madre? Es una mala persona y a ti también te golpea y te humilla. Abre los ojos.

La bofetada llegó sin avisar. A Nelly se le saltaron las lágrimas. Ahora sabía que tenía que crecer aún más deprisa y confiar solo en sus propias fuerzas.

Desde ese día dormía con un cuchillo de cocina bajo la almohada y la puerta del dormitorio atrancada con una silla haciendo palanca.

El cerdo lo intentó más veces, claro que sí, pero ya no volvió a pillarla con la guardia baja.

Unos meses después pudo empezar a trabajar en una peluquería. Con su primer sueldo se mudó a un piso compartido con otras chicas.

No volvió a ver a su madre. Tampoco nadie fue a buscarla.

A los diecisiete años conoció a Sergio, médico del Hospital Provincial y cliente asiduo del centro de estética.

Era casado y ella menor, pero eso no pareció importarle. Después de varios regalitos y salidas ocasionales a cenar y al cine, Nelly se convirtió en su amante. Durante los dos años siguientes fue la otra en una relación sin futuro. Ella aún creía en una vida feliz, llena de sueños.

Sergio le juraba que iba a separarse, que necesitaba algo de tiempo, pero el momento nunca llegó. Cansada de esperar, empezó a frecuentar la compañía de Luis un conocido fotógrafo en el mundillo de la publicidad y de las agencias de modelos. Él le hizo algunas fotos artísticas especiales que vendió muy bien. También le consiguió un trabajillo como imagen de un conocido producto de belleza. Con el dinero ganado Nelly pudo comprarse buena ropa y asistir a fiestas más exclusivas. Su habilidad con los estilismos le granjeó la amistad de varias modelos del momento. Nelly era menuda y de poca altura, pero su aire reservado y misterioso, y su particular belleza le abrieron las puertas de un mundo al que jamás hubiera creído acceder. Ahora ya sabía que para ella no iba a haber más sueños románticos. Los hombres eran como pañuelos de papel, de usar y tirar. La clave estaba en saber cuánto beneficio le podía sacar al tiempo que pasaba con cada uno de ellos.

Aprendió a interpretar bien su papel, a extorsionar, a mentir, a crear amistades de dos días para luego traicionarlas y desaparecer en el momento justo. En cada nuevo lugar se convertía en una nueva persona con una máscara diferente. El dinero le permitía mantener su fachada, sentirse admirada y solicitada. Ningún sentimiento era de amor, pero nada es perfecto. Ya no recordaba cuándo se había reconocido como ella misma por última vez. Tampoco le causaba malestar. No quería volver a ser la niña asustada, insignificante y patética que aún se escondía en su interior. Eran muchas las cosas que la vida le había arrebatado. Entonces consideraba justo apropiarse de algunas otras. Se trataba de una cuestión de perspectiva. Si vives en una selva ¿Qué prefieres? ¿Ser depredador o presa?

Nelly suspiró. Era momento de dejar los recuerdos en el pasado y centrarse en el presente. Por la ventana vio que el tiempo había empeorado. Un mal día para viajar. Pero le había prometido a Vania que se encontrarían por la noche para cenar. Guardó el resto de las cosas, se maquilló cuidadosamente y después de vestirse llamó al conserje para bajar las maletas. En la puerta ya esperaba un taxi para llevarla al aeropuerto. Confiaba en que esa noche su vida cambiaría, y mucho. No iba solo al encuentro de un hombre. Iba al encuentro de un estatus seguro para su vida.

El tráfico era caótico y el trayecto al aeropuerto se le hizo más largo que de costumbre. Después de facturar su maleta, y con el tiempo empeorando cada vez más, llegó el aviso de que su vuelo se había retrasado. Se dedicó a dar vueltas por la terminal. Llamó a Vania para avisar del retraso. Un inglés la invitó a un trago en la cafetería.

Dos horas más tarde, pasada la hora del almuerzo, aburrida de tantas vueltas, se dirigió a una zona de espera casi vacía. Solo había cuatro personas. Un hombre joven con pinta de ejecutivo y gafas oscuras, otro cincuentón leyendo un *dossier*, una mujer bastante insípida con una maxibolsa horrible y una niñata con el pelo rosa que mascaba chicle. Sería interesante entretenerse intentando adivinar las circunstancias de sus vidas.

Sin dudar, se dirigió a uno de los asientos más cercanos, al del ejecutivo sexi de las gafas oscuras. Al fin y al cabo, los hombres guapos también eran su debilidad. No tanto como los hombres ricos, pero casi.

9

Punto de partida (III):
la ley de Murphy

Cuanto más viajaba, más me daba cuenta de que el miedo
hacía extraños a personas que deberían ser amigos.

Era más de media tarde cuando quedó claro que ya no iban a
despegar aviones. El temporal de viento y nieve al que ya habían
bautizado como Erica, haciendo un guiño con su nombre a las
flores de invierno que crecen con el frío, se estaba comportando
de tal forma que ya se contaban por miles los coches bloqueados
en las autopistas de acceso a la ciudad.

Nelly, al igual que los otros cuatro viajeros de la zona de
espera, empezaba a notar el cansancio y el desasosiego por todas
las horas transcurridas, por la imposibilidad de llegar a su destino
y cumplir sus planes según lo previsto, y por el inconveniente
de tener que pasar la noche en la sala de espera del aeropuerto.

Los hoteles cercanos ya estaban completos, dado el número
de viajeros varados en la terminal, que habían ido en aumento
a lo largo del día.

Nelly tampoco podía volver a su apartamento y ya había
perdido la oportunidad de quedar con Vania Petrovich para

cenar. El ruso tenía intención de viajar a Praga por negocios al día siguiente a mediodía, si como estaba previsto el temporal amainaba y se reanudaban los vuelos.

Giuseppe ya se había tomado a lo largo de la tarde tres *caffè espresso* para bajar un sándwich de atún más bien seco que había comido sobre las cinco, pensando aún que tendría posibilidad de volar. Se había puesto en contacto con su asistente en París y con su chófer personal, que se encontraba bloqueado en la autopista con el maletero lleno con la compra semanal del supermercado. Dada la situación de las carreteras no podría venir a recogerlo, pero estaría al tanto por si el tiempo mejoraba.

Había llamado dos veces a su hija Anna, que llevaba todo el día en casa y a su socio Jaime a la oficina de Madrid, que también iba a pasar la noche en su despacho.

Diego se sentía frustrado y agobiado. A estas horas ya tenía que haber presentado su acreditación para el examen. Ese tipo de homologaciones se hacían cada tres años. Había perdido una muy valiosa oportunidad. Físicamente estaba agotado. La noche en blanco, incapaz de dormir por la preocupación; su vuelo desde Lisboa con escala en Madrid; las horas de espera, y ahora, otra noche más sin descansar.

El año pasado, el corazón le había dado un pequeño susto. Tal vez todo esto era una clara señal de que era momento de dejar partir el barco y quedarse en tierra.

Lucy se estaba replanteando, desde hacía dos horas, qué hacer con el maldito violín. Tenía setenta y dos wasaps de Marcus en diferentes modos de expresión y ya los últimos eran muy poco amistosos, más bien amenazantes. Un amigo de él, que a veces trabajaba como camarero en el restaurante Briciole del aeropuerto, se lo podría devolver si estaba trabajando hoy en el turno. Se acordó entonces que en la terminal había consignas para guardar paquetes y decidió dejar el violín en una de ellas y darle la llave al amigo de Marcus. Así se quitaba el problema de encima.

Pilar guardó las gafas de cerca y las agujas de tejer en la bolsa. Era momento de moverse un poco, pues en toda la tarde solo se había levantado dos veces para ir al servicio y comprar un botellín de agua. Se sentía entumecida y cansada. Con el agua que le quedaba tragó las dos pastillas de la noche, dejando en el bolso la de dormir. No quería quedarse fuera de combate en pleno aeropuerto. En general, dormía muy mal, consecuencia quizás de las noches que pasaba de guardia en el dispensario cercano al hospicio en Nueva Delhi donde a cualquier hora acudía alguien para ser atendido. Con los años, su experiencia como enfermera y su control de la situación había salvado a muchos de situaciones complicadas.

Le pareció que la mujer guapa y elegante llamada Nelly suspiraba con alivio cuando recogió las agujas, pero podían ser figuraciones suyas.

A lo largo de la tarde, la sala de espera se había ido llenando de gente que iba y venía, pero ellos cinco, los que llevaban allí desde por la mañana, parecían estar conectados de cierta forma.

A estas alturas, y después de unas cuantas conversaciones intrascendentes, todos sabían ya un poco de sus vidas y sus planes, y que esperaban el mismo vuelo a París. Lo cual había creado cierta sensación de unidad y de pertenencia al grupo.

Después de tantos años viviendo en la India, Pilar sabía que nada sucedía por azar y no le resultaba extraño encontrarse esperando que en cualquier momento algo fuese a suceder.

Decidieron que, ya que los cinco habían acabado sentándose prácticamente juntos para conversar, sería más ameno si acudían a cenar también los cinco. Por sugerencia de Lucy decidieron ir al Briciole, que era obrador de pan y ofrecía tortillas, bocadillos y empanadillas que parecían tener muy buena pinta. A petición de Lucy, el amigo de Marcus que se encontraba trabajando en las cocinas no tuvo problema en hacerse cargo de la llave de la consigna, con la promesa de que él mismo entregaría el violín a su dueño.

La cena transcurrió sin problemas, al principio. Giuseppe, resultó ser muy agradable, con un fino sentido del humor. Nelly pensó que el acento italiano que aún conservaba le daba mucho encanto. El hecho de ser ciego hacía que ella, no sabía bien por qué, estuviese más relajada y tranquila.

Diego contó varias historias de su vida en los barcos y sus viajes. Se le veía muy cansado. Su rostro estaba ojeroso y de un color ceniciento como de alguien enfermo. Eso preocupaba a Pilar, que nunca dejaba de lado su costumbre de ayudar. El hombre apenas comió.

Nelly y Giuseppe pidieron unas deliciosas empanadillas rellenas de carne y una bebida.

Lucy, que quería bajar algo de peso, se decidió por una ensalada César, y Pilar, que no tenía costumbre de cenar, pidió un té verde y un pequeño *brioche* relleno de crema. Cuando estaban terminando de cenar, Diego se sintió indispuesto. Un repentino dolor en el pecho y el brazo izquierdo, seguido de sudor frío y mareos, pusieron sobre aviso a Pilar de que estaba a punto de sufrir un ataque al corazón.

—Llame al servicio de emergencias del aeropuerto. Hay un viajero con un ataque al corazón. ¿Dónde tienen el desfibrilador? —gritó al camarero que estaba detrás de la barra.

—El desfibrilador está junto a la entrada de los servicios, contestó el chico.

Con la ayuda de Lucy, que ya le descubría el pecho a Diego, Pilar aplicó una descarga. Él estaba inconsciente, estirado en el suelo. Su cabeza descansaba en el elegante abrigo de cachemir de Giuseppe, y Nelly, a la que cualquier persona enferma le daba pavor, sujetaba la mano fría y sin fuerzas del hombre. Diego respiraba levemente.

Pilar parecía tranquila. Aplicaba un masaje cardíaco en el pecho del enfermo. Pareció que pasaba una eternidad hasta que abrió los ojos a la par que llegaba el servicio médico de emergencias.

Mientras lo atendían, ocurrió el segundo desastre. Giuseppe comenzó a sufrir una reacción extraña en la piel, le faltaba el aire y se ahogaba.

—Por favor, soy alérgico al huevo. La empanadilla. Ayuda —dijo, sin fuerzas

—Ayúdennos —gritó Nelly, y dos de los enfermeros corrieron junto al ciego.

Las gafas oscuras se le habían caído. Nelly pudo ver la cicatriz que tenía bajo el ojo izquierdo, y otra más pequeña a la altura de la ceja.

Recogió las pertenencias de Giuseppe con cuidado, mientras lo atendían. Le habían quitado la corbata y subido las mangas de la camisa. Al cuello llevaba una cadena de oro con un crucifijo. Los elegantes gemelos con iniciales y la chaqueta del traje estaban ahora en manos de Lucy, quién parecía también muy asustada. Iban a ser trasladados a un puesto de enfermería del aeropuerto.

—¿Alguna de ustedes es familiar de estos viajeros? —preguntó uno de los médicos.

—Yo soy su pareja —contestó Nelly de forma convincente, no en vano era experta en mentir.

—Yo soy prima del caballero mayor —contestó Pilar.

Al comprobar sus datos de identidad con uno de los enfermeros, había visto con sorpresa que, por una increíble casualidad, Diego y ella compartían el mismo apellido. A estas alturas nada le causaba asombro, solo era la confirmación de que efectivamente ellos cinco estaban conectados desde el principio.

Después de informarse a qué zona médica iban a ser llevados los enfermos, dada la imposibilidad de trasladarlos al hospital a causa del temporal, las tres mujeres recogieron todas las pertenencias y se dirigieron hacia la zona de atención médica a pie.

Entonces, como no hay dos sin tres, unos agentes de aduanas se acercaron a Lucy.

—¿Señorita Lucía Dupont Álvarez?

—Sí, soy yo —contestó ella con aprensión.

—Haga el favor de acompañarnos a las dependencias de aduanas.

—¿Yo? ¿Qué es lo que ocurre?

—Allí le explicarán —contestó uno de los agentes.

Lucy miró implorante a Nelly y esta a Pilar.

—Yo voy a la enfermería, Nelly, tú acompaña a Lucy.

Desplegando todo su encanto, Nelly consiguió saber que al parecer todo era a causa de una llamada de denuncia recibida en el puesto de aduanas. Allí Lucy supo que una persona anónima había advertido de que ella ocultaba droga en el interior de una funda de violín.

Los agentes querían saber dónde estaba el violín y comprobar si efectivamente la denuncia era cierta.

Esto era obra de Marcus. Tenía que joderla hasta el minuto cero.

Entonces hubo que invertir de nuevo el proceso. Recuperar la llave de la consigna del camarero del Briciole. Recuperar el violín de la consigna y tras un examen exhaustivo comprobar que no había nada en su interior. También le abrieron la maleta revolviendo todas sus pertenencias y el bolso de mano. Después la dejaron ir, con la boca seca y el corazón a mil. Nelly la agarraba con el brazo libre. No le había pasado desapercibido que el amigo de Marcus estaba hablando por teléfono. Apenas cinco minutos después Lucy recibió un mensaje. Era de Marcus:

¿Te estás divirtiendo ahora?

Maldito sinvergüenza.

—Bloquéalo. No dejes que te moleste más. No permitas nunca que ningún hombre te arruine la vida, le aconsejó Nelly

Se dirigieron entonces a la zona médica donde los dos enfermos se recuperaban y donde Pilar, derrotada por el cansancio, cabeceaba en una pequeña salita de espera. Se despertó enseguida y se pusieron al día de todas las novedades.

Después, tras una visita breve a los enfermos, ya de madrugada, se quedaron dormidas en las butacas del centro médico. Nelly se envolvió en el abrigo de Giuseppe, que olía a su perfume: una mezcla de vetiver, lavanda y madera de sándalo. Algo que a Nelly le hablaba de fortaleza, de resistencia, pero también de ternura.

Lucy, pensaba en cómo iba a afrontar el día siguiente. No sabía si su madre la iba a recibir con todo lo que había ocurrido casi un año antes.

Pilar tenía muy claro su futuro inmediato, lo mismo que el propósito de su vida. Sabía que quizás esta fuese la última vez que vería a su hermana Carolina. Tendría que encontrar la forma de perdonarla sin ser mezquina.

Al amanecer, el viento helado dejó de soplar y el temporal amainó. Avisaron a Pilar de que Diego iba a ser trasladado al hospital en ambulancia, y de que Giuseppe sería dado de alta tras pasar la crisis alérgica.

Nelly que ya no tenía intención de viajar, canceló su billete y recuperó su maleta. Se comprometió a ocuparse de Diego, que no conocía a nadie en Madrid, hasta que estuviese lo suficientemente recuperado para volver a Lisboa, donde vivía desde la muerte de su esposa.

En los aseos del aeropuerto abrió su maleta. Regaló a Pilar un conjunto de Valentino en tono gris perla, que puesto le quedó genial, y la peinó y maquilló como para una boda. La maxibolsa horrorosa desentonaba con el conjunto, entonces le regaló uno de sus bolsos lo suficientemente grande para meter dentro toda la artillería de agujas e hilos que la monja llevaba. Si iba a visitar a su hermana, tenía que hacerlo como lo que era, como una señora.

Lucy se enamoró de un minivestido de fiesta en color rojo. Nelly, de nuevo generosa, se lo regaló junto con unas sandalias doradas. Ya no quería conservarlas. Iban a ser un mal recuerdo de la ocasión perdida con Vania. Se despidieron todos como viejos amigos e intercambiaron los teléfonos. Después, Diego partió en la ambulancia que lo llevaría al hospital, no sin antes agradecer a

Pilar que le hubiese salvado la vida. Pilar y Lucy cogerían el vuelo a París a la hora prevista. Pilar ya maquinaba de qué forma convencer a Lucy para que fuese a Nueva Delhi a hacer un voluntariado. Estaba segura de que la muchacha era una persona compasiva, de algún modo, servir a otros le ayudaría a encarrilar su vida.

Giuseppe, que todavía se encontraba un poco débil, decidió cancelar su viaje y descansar unos días tranquilo en casa. De repente, se encontró solo con Nelly. Le pareció que lo que sabía de ella no era suficiente y sintió el deseo de conocer más.

—Dime una cosa. ¿Cómo es tu apariencia física? —le preguntó.

—Bueno —contestó ella—. Soy rubia con el pelo largo cortado a capas, los ojos castaños verdosos, más bajita de lo que me gustaría y tengo veinti… treinta y nueve años.

—Lo sabía —respondió el italiano con una sonrisa—. ¿Qué tal si cuando la nieve se derrita quedamos para comer y celebrar que hemos salido bien de todo esto?

—Sería estupendo —contestó Nelly, al tiempo que se daba cuenta de dos cosas: que era la primera vez en mucho tiempo que no le mentía a un hombre, y que realmente deseaba volver a verle, sin esperar nada más que el placer de su compañía.

Al pasar delante de una de las tiendas del aeropuerto, en el cristal del escaparate, su reflejo le devolvió, como por arte de magia, la imagen de la Nelly de diecisiete años que aún tenía los sueños intactos, y se sintió ilusionada y optimista, como quien está expectante por comenzar un viaje a un lugar desconocido. Quizás, después de todo, una persona como ella tendría derecho a una segunda oportunidad.

A veces pierdes el vuelo, solo para enderezar el rumbo.

10

La cárcel de cristal

La importancia de un hombre no está en lo que alcanza,
sino en lo que anhela alcanzar.
Khalil Gibran

Desde que había ocurrido el suceso, estaba enfermo. La enfermedad no se había presentado de golpe, sino que se había ido adueñando de su vida de forma sigilosa y paulatina.

Empezó por aborrecer el tener que viajar en los atestados vagones de metro en las horas punta y esquivar a la multitud apurada que desbordaba las aceras. Al principio, solo era una molesta sensación de agobio, de que le faltaba el aire, a la vez que un sudor pegajoso le pegaba la camisa al cuerpo.

Apuraba el paso para llegar cuanto antes a la oficina, a su espacio familiar, y meterse en uno de los cubículos del cuarto de baño, vacío antes de la llegada de los empleados.

Cuando todos iban entrando, él ya se había cambiado con la ropa de repuesto que siempre llevaba en la mochila, se había lavado la cara y tomado el primer café de la mañana.

Cuando la enfermedad fue ganando terreno, tuvo que prescindir de bajar o subir en el ascensor si iban otras personas, de socializar con los compañeros a la salida del trabajo, de la posibilidad de acudir a los centros comerciales, al cine, a un partido o a un concierto.

Poco a poco su autoimpuesto aislamiento lo borró de las listas de planes de los que lo conocían. Apenas salía, y cuando eso era inevitable se las arreglaba para ir acompañado de su mejor amigo. Tras un tiempo, este se mudó con su pareja a otra ciudad y perdió la única amistad que aún conservaba.

Todo espacio abierto desencadenaba en él un ataque de pánico y la absoluta certeza de que iba a morir, porque su frecuencia cardiaca se aceleraba, porque no era seguro estar en público, porque la sensación de inestabilidad lo hacía apoyarse contra cualquier pared, incapaz de dar un paso.

La pandemia mundial y el confinamiento le dieron la oportunidad perfecta para no tener que salir nunca más. Ya iba por el tercer año que trabajaba desde casa. Su apartamento era grande, estaba en un edificio de tres alturas, ubicado en un antiguo polígono de naves y oficinas que, tiempo atrás, se hallaban en las afueras de la ciudad. A medida que esta había crecido se habían convertido en espacios céntricos ideales para pequeños negocios, estudios y *lofts* para excéntricos. Él había acondicionado como vivienda un antiguo almacén de calzados, en desuso desde hacía años. Constaba de un espacio diáfano en la planta baja con un gran salón y una cocina. Por unas escaleras se accedía al entresuelo donde antaño se ubicaban las oficinas del negocio y ahora él tenía sus habitaciones y un lugar de trabajo con abundante luz natural gracias a un enorme ventanal a unos cuatro metros del suelo, que daba a una calle de dirección única muy concurrida.

En la acera opuesta, se encontraba un taller mecánico, un bazar, un negocio de encurtidos y una consulta veterinaria. Justo delante de su portal, que él llevaba tres años sin pisar, había un local con un pequeño escaparate y un cartel de «SE ALQUILA» en la puerta. El papel estaba amarillo y polvoriento, debido al tiempo transcurrido sin que nadie se hubiera interesado en alquilarlo para poner un negocio. Él era madrugador, aunque a veces dormía mal. A menudo, por las noches, se sentía presa de incomprensibles temores, con cada ruido y cada silencio, con cada voz y cada coche que a su paso rompía la quietud de la madrugada. Entonces se levantaba, recorría las habitaciones con el corazón desbocado, buscando una amenaza invisible y al no hallarla, se sentaba exhausto en el alféizar de la ventana, donde montaba guardia hasta el amanecer.

Pronto fue sabedor de las andanzas de cada vecino, sus horarios, sus bondades y bajezas, y todos aquellos inconfesables sucesos que solo ocurrían por la noche, al amparo de la oscuridad.

Este conocimiento refrendaba aún más su idea de que el mundo era un lugar terrible y su hogar el único refugio seguro en el que podía estar.

Vivía una existencia diluida, ocupado en pertenecer desde lejos al limitado universo de otros, como si él fuese el privilegiado espectador de una película hecha con las vidas de todos.

Una mañana, el ruido de golpes y martillazos lo despertó bruscamente. Era uno de esos días de comienzos de otoño en los que los primeros fríos lo hacían arrebujarse bajo el edredón y holgazanear un rato más, retrasando el momento de poner los pies descalzos sobre el frío suelo.

Curioso, se acercó al ventanal. Descubrió con sorpresa que un grupo de trabajadores realizaba obras en el local que se alquilaba. Parados en la acera, una bizarra pareja gay consultaba con atención los planos en compañía de otro que parecía ser el arquitecto.

Durante dos meses, hubo de acostumbrarse al ruido de la obra y a las voces que cesaban de repente al llegar las cinco de la tarde.

Cuando el local estuvo terminado, él fue desde su ventanal el invitado de honor en la pequeña fiesta de inauguración. El local lucía espléndido con su elegante fachada y el amplio escaparate en el que la pareja gay había volcado todo su talento escaparatista. Le encantó especialmente el cartel luminoso en el que ponía *Dreams Boutique* porque mucho tiempo atrás también él había tenido sueños, más allá de la existencia descolorida que ahora vivía.

La segunda sorpresa llegó dos días después cuando la descubrió a ella por primera vez. Pensó que era la criatura más hermosa que había visto en su vida, la chica que siempre había estado esperando. Ella vestía un elegante traje con mangas y acentuaba su altura con unos botines de discreto tacón. Pero lo más impactante era su melena como el fuego, de un largo hasta media espalda. A él le pareció una diosa, allí de pie en el estrecho espacio del escaparate de Dreams Boutique.

Se aficionó a observarla a todas horas, acortando sin remordimientos su tiempo de trabajo. Trasladó la pequeña mesa de la cocina delante del ventanal, para comer teniéndola a la vista y brindar discretamente por ella y con ella, siempre desde la distancia.

Cuando despertaba, su primer pensamiento era para la cautivadora que le había robado el corazón, intentando adivinar con qué nombre habría sido adornada su belleza. Hasta que decidió ponerle uno. ¿Acaso los enamorados no se llamaban por apelativos cariñosos? Sin dudarlo más, la llamó con su nombre favorito de mujer, Sabrina, y decidido a conquistarla pasó a la siguiente fase del romance.

Cada mañana, los sorprendidos dueños de Dreams recibían por mensajero una rosa roja o una exótica orquídea para ser entregada a una tal Sabrina de parte de un devoto admirador que, con el paso de los meses, le declaró su amor incondicional.

Intrigados, los dueños del local indagaron entre clientes, conocidos, floristerías y empleados de reparto sin conseguir desvelar el misterio. No había en aquella calle ni en su círculo social nadie llamado Sabrina. El nombre del supuesto enamorado también era una incógnita que ni el paso del tiempo pudo resolver. Él observaba divertido desde su atalaya y le sonreía a su dama, la única cómplice de su secreto.

El segundo suceso ocurrió en la fiesta de Nochevieja de tres años después. Sabrina lucía un vaporoso vestido rojo con lentejuelas cuyo tejido abrazaba su cuerpo perfecto como una segunda piel. Sus ojos, que él adivinaba de un azul intenso, parecían mirar, coquetos, directamente a donde él se hallaba, consumido por su anhelo y por su soledad.

Se arregló con ropa de gala. Preparó una mesa para dos frente al ventanal. Encargó por teléfono deliciosa comida, flores y un buen vino. En el bolsillo de su esmoquin, bien escondido, guardó el anillo con el que iba a sorprenderla. Porque con las doce campanadas que recibirán el nuevo año le iba a pedir a Sabrina que compartiera con él el resto de su vida.

Los cohetes reventaban con luces más brillantes que nunca en el cielo de los primeros minutos de enero. Las mesas de sus vecinos bullían de canciones y actividad tras las iluminadas ventanas.

Él estaba feliz, porque finalizada la cena, el vino y el champán (reconocía que estaba muy achispado), Sabrina, con una amplia sonrisa, sin necesidad de palabras, le había dicho que sí.

Le habló del futuro durante horas, delante de las burbujas de una segunda botella de champán. No supo en qué momento el cansancio de la noche y el sopor del alcohol lo adormecieron.

Muy en la madrugada se despertó. Sabrina no estaba. Asustado, la buscó por las estancias de la casa, sin hallarla. Fue al regresar de nuevo delante del ventanal cuando escuchó el estruendo. Tuvo una mala premonición. Sabrina estaba fuera mientras un coche cargado con cuatro borrachos lanzando gritos repetía un frenético *rally* calle arriba, calle abajo. En una de sus idas y venidas chocó estrepitosamente contra el iluminado escaparate de Dreams Boutique, donde quedó empotrado y humeante, con sus pasajeros malheridos dentro.

Durante unos segundos, el tiempo se detuvo en el zumbido de oídos del hombre de la ventana. No veía a Sabrina, cuando un momento antes se encontraba allí. Apenas fue consciente del insoportable ruido del claxon, los curiosos, la policía y las ambulancias que aparecieron con presteza. Desde su atalaya, con tantos obstáculos delante del escaparate destrozado, no podía ver bien lo que ocurría. Con el corazón a punto de estallar, intentaba en vano vislumbrar la melena roja de ella asomando bajo las mantas de las camillas que subían a la ambulancia. Pero resultó imposible.

Le pareció que transcurrían horas hasta que todos se retiraron y la calle quedó nuevamente en silencio. Llamó a los hospitales preguntando por Sabrina, sin poder dar un apellido, sin darse cuenta de que el nombre de ella solo existía para él. En todas partes la respuesta fue negativa. No habían ingresado a nadie con ese nombre aquella noche.

Devorado por la angustia, comprendió que tendría que bajar al lugar del accidente y comprobar por sí mismo que Sabrina no estaba herida o agonizante entre los escombros. Se dijo que podría hacerlo, no era un tipo cobarde, solo era cruzar la calle. Apenas diez malditos pasos.

Entonces, al mirar por la ventana, una veintena de metros calle arriba, divisó entre los restos de cajas, espumillón y basura de los contenedores, el reflejo de fuego de la larga melena de Sabrina. ¡Dios! Allí estaba, herida y abandonada y solo él, un enfermo inútil para socorrerla.

Con un tremendo esfuerzo de voluntad, tomó las llaves y, con la espalda pegada a la pared, se deslizó al portal. Ya casi amanecía. Un amanecer frío que él ni siquiera notaba. El sudor le empapaba la camisa y las llaves tintineaban en sus manos temblorosas. Pero lo peor era el miedo, que parecía atravesarle el corazón como una aguja punzante. Con un último esfuerzo salió a la acera desierta y recorrió a trompicones la veintena de metros que lo separaban de ella. Un repentino mareo le hizo detenerse. Las piernas le fallaron y cayó al suelo, pero siguió arrastrándose hasta alcanzar la fría mano de Sabrina. Aún tuvo tiempo de despojarse de su chaqueta, para envolver con ella y con su abrazo el cuerpo inerte de su amada. Después, sin fuerzas y desorientado, apoyó su cabeza contra el contenedor, incapaz de moverse.

Cuando aquel 1 de enero de 2026, un vecino madrugador sacó a pasear al perro, descubrió asombrado que, apoyado contra el contenedor de basuras, un hombre en mangas de camisa balbuceaba palabras incoherentes abrazado a una mujer de pelo rojo envuelta en su chaqueta.

Pensó al principio que se trataba simplemente de una pareja borracha, durmiendo su desfasado cotillón en un mal sitio.

Tuvo que mirar una segunda vez para darse cuenta, estupefacto, que lo que el hombre rodeaba con su abrazo protector no era una mujer como tal, sino un maniquí femenino desmantelado, de esos que se ponían en los escaparates para exhibir las prendas de temporada.

Recordó entonces el alunizaje del coche contra la cristalera del que todos habían sido testigos la noche anterior y observó, muy sorprendido, que la figura de pelo rojo y rostro hermoso que allí estaba no era otra que la familiar maniquí del escaparate de ropas femeninas Dreams Boutique, a la que durante años habían admirado por su apariencia humana y su belleza, siempre enigmática y majestuosa bajo los focos de colores de su cárcel de cristal.

11

Con otros ojos

Acepta lo que es, deja ir lo que fue,
y ten fe en lo que será.
Sonia Ricotti

Las últimas lluvias del otoño habían dejado el camino de postas embarrado y casi intransitable, lo que obligaba a los ocho caballos a tirar con mayor dificultad del carruaje, que daba continuos saltos cada vez que las ruedas tropezaban con un bache.

Los viajeros iban silenciosos y agotados; ya los temas de conversación, después de tan largo y accidentado viaje, se habían agotado por completo. El joven reverendo, hasta entonces tan locuaz, se había sumido en la concentrada lectura de un librito de oraciones que acentuaba el gesto de sufrimiento de su cara a medida que pasaba las hojas. Era el tercer hijo de una familia acomodada de la capital y había sido destinado a una primera parroquia perdida en la campiña, que no era para nada de su agrado.

La dama anciana de rostro bondadoso y mejillas regordetas sentada a su lado, se ocupaba tejiendo unos mitones con lana gris, y de vez en cuando lanzaba miradas curiosas por encima de sus pequeños anteojos al caballero sentado enfrente.

El hombre, ajeno a la curiosidad de la que era objeto, miraba por la ventanilla el agreste paisaje por el que cruzaban desde hacía un buen rato. El niño, de unos seis años, se había quedado profundamente dormido, recostado contra su elegante levita oscura. Soñaba, quizás, un sueño feliz, pues sus párpados y sus pestañas se agitaban con un ligero temblor y su cuerpo se dejaba mecer por el movimiento, relajado y tranquilo, pese al traqueteo constante del carruaje.

El último de los viajeros era una mujer de edad cercana a la treintena. Sus ropas elegantes, pero discretas, y sus buenos modales daban a entender que probablemente era la dama de compañía de una condesa o una institutriz que acudía de vuelta a la casa familiar. Poseía una belleza serena, poco llamativa. El rostro de líneas suaves, frente despejada y nariz aguileña, donde resaltaban dos ojos grandes de un azul intenso, lucía una piel bien cuidada y sin arrugas. El cabello oscuro se recogía en un moño trenzado bajo un sombrerito de viaje igual de discreto que su indumentaria. Su único adorno era un reloj de bolsillo con cadena sujeto a la solapa de su abrigo con un broche.

Ella también dirigía de vez en cuando miradas curiosas al caballero de la levita oscura. Era el último de los viajeros. Había subido al carruaje de caballos apenas dos horas antes acompañado del niño, en el cruce del camino que venía de la costa. Había ocupado su sitio con andar trabajoso, apoyándose en un bastón y en el brazo de un criado. Todos pensaron al ver la cicatriz de su sien que estaba convaleciente de alguna grave lesión.

El criado se acomodó en el pescante con el conductor, mientras su señor, tras saludar con voz grave a los demás viajeros y sentarse, se había encerrado en un silencio pensativo, dedicándose a observar por la ventanilla.

A medida que avanzaba la tarde, un fuerte viento y una creciente oscuridad de las nubes indicaron que no tardaría en ceñirse sobre ellos una buena tormenta.

En el pescante, el cochero se apresuró a restallar el látigo para azuzar a los caballos y llegar lo antes posible a la posada dónde acostumbraban a hacer un alto para pasar la noche.

Al caballero el olor de la tormenta le recordó aquellas otras tormentas tropicales que había vivido en las colonias, donde todo era intenso y exuberante. Sin embargo, el recuerdo de la fragancia de bromelias, hibiscos y orquídeas era eclipsado ahora por el suave olor a lavanda que provenía de la mujer sentada junto al niño.

De su larga estancia en las colonias se había traído un hijo que en aquel momento dormía apoyado en su hombro, una viudez que ya duraba dos años y una aparatosa caída del caballo que había cambiado su vida para siempre.

No tenía problemas financieros y acababa de comprar, por medio de su apoderado, una próspera hacienda en el campo, en la que pensaba instalarse con su hijo. Era hombre de costumbres sencillas, que disfrutaba con los espacios abiertos, que no necesitaba grandes lujos y no seguía modas ni etiquetas.

La joven dama observaba con qué extraña ternura el caballero resguardaba el sueño de su hijo con su abrazo, intrigada a la vez por su aire de extranjero, con sus botas de montar bien lustradas, el cabello más largo y desarreglado de lo que era habitual, y la piel morena y curtida por el sol.

Le pareció que rondaría los cuarenta años, y a pesar de las arrugas alrededor de los ojos y la larga cicatriz que le llegaba desde la sien a la mejilla izquierda, lo encontró atractivo, en cierto modo.

Llegaron a la posada cuando ya empezaban a caer las primeras gotas de lluvia y el sonido de los truenos era cada vez más cercano. Todos bajaron apresurados. El caballero, su criado y el niño, aún soñoliento, entraron los últimos en la estancia donde un buen fuego y el olor de un estofado cociéndose en una marmita creaban una atmósfera cálida y acogedora.

Se sentaron en una mesa del rincón más apartado. El criado enseguida fue a pedir algo de estofado, vino y queso para el niño y su amo.

El resto de los viajeros se unieron a otros dos sentados a una mesa larga, donde comieron y bebieron en animada conversación, excepto la dama anciana que era de apetito frugal y se retiró enseguida a descansar, y la dama joven que, tras la cena, se había sentado junto a una de las ventanas, fascinada por la fuerza de la tormenta.

El niño, un tanto inquieto, se dedicó a merodear por la estancia y acabó al lado del reverendo, que en ese momento contaba una historia de mayores que no entendió muy bien. Después, se acercó a la mujer y se sentó a su lado, amedrentado por los truenos que parecían retumbar sobre el tejado. Cuando ella le habló, su voz le sonó dulce y musical y le pareció igual a la voz de su madre, cuyo rostro ya no recordaba con claridad. Mujer y niño entablaron entonces una conversación llena de complicidad hecha de preguntas sencillas y respuestas ocurrentes. Después, el niño dijo no tener madre, la mujer dijo no tener familia, y ambos reconocieron sin palabras la abrumadora soledad que sentían.

Sentado en la cercana mesa, el caballero oía embelesado aquella voz con matices, por primera vez interesado en algo que no fuese la oscuridad que teñía sus días, pues desde la caída del caballo y la herida en la sien se encontraba prisionero de una ceguera irreversible.

Aquella voz de mujer rezumaba dulzura. Hablaba desde un alma sosegada y limpia, sin dobleces, y era para él como el agua de un remanso, reconfortante y fresca.

Se levantó y guiándose con su bastón se movió a un lugar cercano, en el que podía oír mejor la voz de ella por encima del ruido de las otras voces. Su hijo, en un exceso de confianza, le preguntaba a la joven dama (estaba seguro de que era joven) si conocía algún cuento para niños porque estaba algo asustado.

El caballero la oyó reír. Le pareció que su risa era como un canto de sirena, cuyas notas le traían de vuelta la añoranza de su esposa fallecida. Sin hacerse de rogar ella comenzó una historia que ni el niño ni el hombre conocían, una tan antigua como el mundo, que atrapó por igual con la magia de sus palabras al adulto y al menor.

El niño acabó mecido en el abrazo de la joven, como el que se resguarda bajo las alas de un ángel protector. El hombre acabó sucumbiendo al embrujo de la voz, a la que su propia imaginación había dado rostro y cuerpo. Un frufrú de ropas y piel de mujer joven que olía a lavanda, que prometía sin saber que hacía promesas y que ofrecía sin descubrir que, con cada palabra, lo daba todo.

Y él comprendió sin lugar a dudas que había encontrado, por segunda vez, lo que la vida le había arrebatado sin piedad.

No supo en qué momento tropezó con el banco de madera en su camino hacia donde ella estaba con el niño, ni qué repentino impulso lo llevó a acercarse, pues a falta de ojos físicos, solo podía ver con los ojos del corazón, que a menudo eran también cortos de vista.

Intuyó en qué momento ella alzaría el rostro y vería, tal vez con otros ojos, al hombre ciego que todos miraban con cara de pena en cuanto descubrían su desgracia.

Apoyado en el bastón, sabiendo que a menudo somos juguetes del destino, mentalmente pidió algo de buena suerte y dio el siguiente paso.

—Espero que mi hijo no la esté molestando, *mademoiselle.* Si me permite, me gustaría presentarme —dijo haciendo una leve inclinación a modo de saludo.

12

La mujer secreta

Si dejas salir tus miedos,
tendrás más espacio para vivir tus sueños.
Marilyn Monroe

La casa era como la mayoría de las que las familias de abolengo tenían el gusto de poseer, pero más imponente y antigua. Algo apartada del resto por un bosquecillo de castaños y moreras, se asomaba de pronto, misteriosa, al final de un camino solo transitado por quienes traían los víveres de la cercana ciudad y por los ocasionales jinetes que lo recorrían al galope hasta el agreste acantilado en los campos del sur.

La casa albergaba la sexta generación de inquilinos, el último de los cuales era un niño de apenas cuatro años, casi huérfano de madre y padre, entregado al cuidado de una niñera diligente.

El padre había incrementado la fortuna de la familia estableciendo una próspera ruta comercial con las Indias occidentales y orientales, Australia y la Polinesia. Como capitán de un buque mercante estaba obligado a pasar largos periodos en el mar y a hacer escala en puertos remotos. Su gusto por las piezas raras y objetos extravagantes le había animado a traer en cada viaje las más exquisitas porcelanas y sedas, así como muebles de intrincados dibujos y tapices.

Con el tiempo, la casa había perdido su aspecto gris, adornada por los cuadros de las paredes; los cortinajes; los aparadores de finas vajillas de Limoges, Capodimonte o Meissner; los preciosos muebles lacados y miniaturas traídos de la lejana China, y las alfombras y pieles de tigre de la India, que descansaban tendidas en los grandes salones y al pie de las chimeneas.

Siendo el capitán un hombre aventurero, de sus negocios en tierra se ocupaba un joven sobrino, único hijo de su hermana mayor que también vivía en la casa bajo la férrea supervisión de la matriarca de la familia.

Era esta una dama austera que ya rondaba los sesenta y ocho años, pero cuya autoridad había sido y era indiscutible. De origen noble, había traído a su matrimonio una sustanciosa dote, extensas propiedades y aquella casa heredada de su abuelo materno, en la que ella misma había vivido toda su infancia.

El aspecto ordenado y brillante de las estancias corría a cargo de un buen número de sirvientas que a diario limpiaban con cera y aceite de trementina los lujosos muebles y la balaustrada de la majestuosa escalinata que llevaba a las dos alas de la mansión. Desde el primer piso continuaba hasta el ático una escalera más estrecha donde dos torres circulares en sendas estancias ofrecían un panorama completo del bosquecillo, los campos y el mar en la lejanía.

Era allí donde vivía desde hacía casi cinco años la mujer extranjera, atendida en sus necesidades por una sirvienta traída del campo. En el periodo de tiempo transcurrido desde su llegada había conseguido aprender la lengua del país gracias al lenguaje poco refinado de su criada, única persona con la que tenía contacto.

Solo en dos ocasiones se había visto cara a cara con la dueña de la casa. Suficientes para darse cuenta de la manifiesta hostilidad que esta le profesaba.

La primera vez había sido la noche en que su hijo vino al mundo. La dama de porte altivo entró a la habitación en compañía de su ama de llaves, pero ni siquiera la miró.

—Tiene un gran parecido con mi hijo Edward, la misma nariz, los ojos azules y la piel clara. Gracias a Dios —dijo como único comentario al ver al bebé que estaba en brazos de la partera—. Cuídense de que mi nieto esté bien atendido.

La segunda vez que se encontraron, su hijo ya tenía dos años. La mujer extranjera, incapaz de adaptarse a las rígidas costumbres y eventos sociales de la casa, se había replegado a las torres del ático, ignorada por todos y alejada a la fuerza de su hijo.

Sin el apoyo del marino mercante al que había seguido sin vacilar, la melancolía se había adueñado de ella y deseaba volver a sus playas de los mares del sur, a los colores y olores vibrantes, a la vida que se derramaba a borbotones. Quería huir del frío y la humedad, de los inviernos largos y brumosos. Quería mostrarle a su hijo aquella clase de vida en la que ella tan feliz había sido, corriendo descalza por los muelles donde con diecisiete años había encontrado por vez primera al hombre causante de su desdicha.

El marino mercante había sido incapaz de resistirse a la perfección de su piel aceitunada, a la larga melena negro azabache, a su cuerpo envuelto con pareos multicolores, a los tobillos y los brazos adornados con brazaletes de coral. Era un coleccionista de piezas únicas. Ella fue una más en su colección. Y cuando tres meses después partió de regreso, la muchacha que ya estaba encinta, lo acompañó. Él le buscó un lugar en la vieja casa entre tanto objeto exótico y, pasado un tiempo y algunos viajes, la olvidó.

La dama vieja la recibió aquella segunda vez, sentada en un sillón alto con reposabrazos, altiva como una reina. Sus ojillos de un azul acerado la miraron sin compasión alguna.

—Claro que te puedes marchar si lo deseas. Faltaría más, no eres una prisionera. Pero el niño es otra cosa. Lleva nuestro apellido y nuestra sangre, y es mi nieto. Se quedará aquí para recibir una educación acorde a su rango.

Ninguna madre dejaría atrás al hijo que quiere. La mujer extranjera regresó de nuevo a las torres, derrotada, con la débil esperanza de que con el regreso del marino mercante las cosas iban a cambiar.

Él llegó a comienzos del otoño, cargado de regalos para el hijo que aún no conocía, y fruslerías para otros miembros de la casa. La mujer extranjera lo esperaba. Lo esperó durante dos días, hasta que él por fin apareció. Se encontró con un hombre caballeroso, pero frío, que se quedó de pie en la pequeña salita sin mirarla a los ojos, mientras le ofrecía los granos de café que había traído de lejanas tierras para ella. Una pequeña cortesía, sí, pero nada del amor que había esperado.

Él vio a una joven que había sido hermosa, pálida y marchita lejos del calor del trópico, con una tos persistente que parecía abrasarle el pecho. Una flor arrancada de raíz que moría lentamente. No pudo disimular que se sentía culpable. Culpable de su engaño envuelto con palabras dulces, de su falta de escrúpulos al no ofrecerle la seguridad de un matrimonio, de obligarla a vivir con vergüenza, despreciada por todos.

Deseando compensar su falta, mandó venir a renombrados paisajistas con el encargo de crear para ella el más hermoso de los jardines flotantes, con cascadas y fuentes, con templetes y laberintos, con plantas aromáticas y arbustos de flores que se descolgaban temerarios desde las altas terrazas al sol. Durante años, los esforzados jardineros trabajaron para crear diseños atrevidos, como filigranas hechas con plantas y césped.

A la vez que el jardín crecía, también crecían las ganas de vivir de la mujer de las torres. En las tardes de primavera y verano salía a recorrer los senderos bordeados de flores, subía las escalinatas, se sentaba a admirar el brillo lejano del mar, escuchaba el canto de los pájaros. Las mariposas la acompañaban posándose en su túnica de colores, mientras ella bailaba para los espíritus de la naturaleza una danza tahitiana aprendida de su madre y de su abuela, tan antigua como poderosa.

Decidió bautizarse a sí misma con un segundo nombre, Mahuru, diosa de la primavera, para acompañar al recibido de su padre, Inas, la mujer de la luna. Porque ahora sentía que había recobrado el poder de la esencia femenina, la fuerza primitiva de sus antepasados y su propia capacidad de decidir libremente, tal como era tradición en las mujeres de su tribu.

Arrancó del marino la promesa de que nadie excepto su hijo y un viejo jardinero francés tendrían el privilegio de pasear por aquellos jardines que ahora eran su propio reino.

A partir de aquel día, recibió las visitas de su hijo que aprendió de ella canciones y danzas y un idioma que la distancia casi había borrado.

Poco después, el capitán se casó, tuvo dos hijas, abandonó los viajes por mar para llevar una existencia sosegada y asumió las tareas propias del señor de la casa y sus negocios. Una única vez acudió a las torres con el deseo de curar la infelicidad de su matrimonio, retomando su romance de juventud. Solo encontró rechazo, y con él llegó el olvido.

Años más tarde, ya como dueño de la principal compañía naviera del país, ordenó la construcción del mayor de sus barcos, el orgullo de su flota mercante, el que iba a realizar las travesías más peligrosas y desconocidas en busca de recónditos puertos y grandes tesoros.

Todos esperaban que diese al barco el nombre de su esposa. Fue una sorpresa cuando en la botadura, el hijo nacido fuera del matrimonio, que aquel año había alcanzado la mayoría de edad, propuso bautizar a la nave con el nombre de La mujer secreta. Nadie excepto su padre comprendió por qué, ni a quién representaba la figura de mujer del mascarón de proa.

Nadie recordaba ya a la extranjera de piel oscura, salvo la criada que la había cuidado durante años y la cocinera que preparaba sus extrañas comidas.

Para el resto de los habitantes de la casa su desaparición pasó inadvertida tras el primer viaje de La mujer secreta. La historia de su vida acabó siendo una curiosidad para contar en las noches de invierno. Poco después, se supo que, para tristeza del señor de la casa, su único hijo varón había partido en el mismo buque dejando una carta de despedida donde renunciaba a su apellido y tomaba bajo su mando y como única herencia la nave mercante La mujer secreta. La única nave de la compañía que nunca hizo escala en los muelles del puerto donde había sido construida.

En un anexo detrás de la gran casa, la mujer extranjera había mandado construir años atrás un pequeño invernadero.

A resguardo del frío aún crecerían, muchos años después, los arbustos de tiaré con sus flores blancas de delicado aroma a jazmín. Aquellas que durante años habían adornado su cabello oscuro, posadas con gracia detrás de la oreja izquierda, como correspondía a toda mujer libre que no era casada, allá en las tierras lejanas bañadas por los mares del sur.

13

El incunable

En la tierra hay suficiente para satisfacer las necesidades de todos,
pero no tanto como para satisfacer la avaricia de algunos.

Mahatma Gandhi

En pleno centro del casco antiguo se encuentra la plaza de la Revolución. Es un cuadrado con el estilo de los años cuarenta, casas de piedra gris y balcones de hierro forjado. Bordeando toda la plaza, los pórticos abovedados dan resguardo a tiendas y comercios con solera, muy prósperos en los años sesenta y paso obligado de turistas en la actualidad.

Los estancos con mostradores de madera recia resguardan en su oscuridad el olor de los puros habanos, los mecheros de mecha y el tabaco de liar. Al lado se encuentran las cafeterías de pequeñas mesitas de mármol y paredes decoradas con azulejos en color blanco y azul náutico, las mercerías con manteles de encaje de bolillos y vainicas, las tiendas de velas e imágenes de santos, y las librerías.

En la zona de pórticos, que es más soleada, destaca un cartel algo pretencioso: «LIBRERÍA IMPERIAL SEVERO CONDE E HIJOS». El local tiene dos amplios escaparates con ventanas donde se exponen libros para todos los gustos. El dueño es un vejete repeinado y enclenque que tiene fama de tacaño. En un alarde de esperanza hizo poner en su negocio «SEVERO CONDE E HIJOS». Es un gran acto de fe, teniendo en cuenta que ya va para los setenta y nueve años y nunca se ha casado y no ha tenido hijos.

Por contra, Dios le dio un sobrino, que bien mirado vale por tres hijos. El sobrino se llama Carlos Conde, Cecé para los amigos. Es el hijo huérfano de su sobrino carnal Francisco Conde, que él ha criado, pulido y enseñado el oficio desde que tenía trece años.

Cecé ahora tiene veintitrés. Se acomoda, un día tras otro, en la banqueta alta detrás del mostrador, dónde lleva la contabilidad, las facturas y los pedidos de la vieja librería. Su formación es autodidacta, pues el tío lo sacó de la escuela apenas cumplidos los catorce. Aprendió por fuerza de los libros, que siempre ha consumido sin filtro ni prudencia.

Ahora, Carlos Conde, alias Cecé, está amargado y aburrido. Lleva todos estos años trabajando mañana y tarde sin un sueldo, alimentado con la promesa de una herencia que no llega. El viejo tacaño no se acaba de decidir y gasta todo su dinero en su única pasión: coleccionar reliquias impresas de gran valor.

En la trastienda de la librería tiene una cámara blindada donde guarda con reverencia un incunable, un precioso libro de horas bellamente ilustrado, así como primeras ediciones, mapas antiguos y grabados.

—Carlos, hijo, todo lo que aquí se guarda algún día será tuyo.

«Mejor págame un sueldo», piensa Cecé enfadado. Ve con rabia cómo sus amigos fardan de autos nuevos y gastan billetes con las novietas de turno.

—Toma, Carlos, tu paga de este mes.

Y el viejo le suelta un billete de cincuenta euros que a Cecé no le alcanza para nada.

Cuando cumplió los dieciocho, el tío se ofreció a comprarle una moto. La imaginación de Cecé se disparó pensando en una sublime máquina de brillante metal rugiendo entre calles con él encima. Porque Cecé es un loco de las motos y los coches deportivos.

Su sorpresa fue mayúscula cuando la recogieron en la tienda. Era poco más que una bicicleta con motor y ruedas estrechas. Con un motor que sonaba como un moscardón cabreado.

Del otro lado de la plaza de la Revolución, está el aparcamiento de la universidad privada Román de Alvarado, donde los niños pijos aparcan sus deportivos y sus motos de gran cilindrada. Cecé se muere de la envidia. Cecé es un cuervo atrapado en una rama viendo suculentos campos de maíz a los que no puede llegar.

Su tío ni se entera. Se calza sus guantes blancos y abre de vez en cuando paquetes misteriosos. Como un ladrón en un museo toca con delicadeza todos sus tesoros, los limpia, los restaura, los envuelve…

Quince minutos antes del cierre se va marchando para subir a su paso las callejas en cuesta del casco antiguo que llevan a su casa. Vive con Cecé en un pisito de los de techos altos con molduras y paredes blancas. Hay tres únicas bombillas para toda la casa. El viejo es ahorrativo. Las van moviendo de estancia en estancia según la necesidad.

La fruta se compra por piezas. Dos cada día. La cocina de hierro se enciende con cartón reciclado y astillas de cajas de frutas que recogen de los contenedores de al lado del portal. La nevera sufre a diario de hambre y abandono.

Cecé está harto de los pantalones de tergal, los chalecos del siglo pasado y las camisas con cuellos de los ochenta que el viejo se empeña en comprar en tiendas de ropa de segunda mano.

—La librería y el piso serán para ti algún día, Carlos. Es un negocio rentable, podrás vivir muy bien. Te casarás y enseñarás a tus hijos el oficio.

Cecé ya sabe que el negocio es rentable, la contabilidad la lleva él.

«Pero maldito viejo, ponme ya un sueldo» —piensa—. «¿Cómo me voy a casar si no tengo ni para ligar?».

Desesperado, se consuela mirando por internet catálogos de motos y leyendo revistas.

Llega el invierno, y uno de esos días en que el viento y la aguanieve castigan de verdad, el anciano se marcha pronto a casa. El día es el más propicio para coger un taxi en la puerta de la Imperial. Pero el vejete tiende más a lo tacaño que a lo propicio y sube andando hasta el pisito. El agua que baja por las cuestas le moja los pies y la aguanieve toda la ropa hasta los calzoncillos. Para cuando llega arriba ya lo acompaña una pulmonía.

Cecé regresa a casa después del cierre. Su tío siempre tiene la radio puesta, un poco alta porque está algo sordo. Pero hoy lo encuentra sentado en su butaca, envuelto en una gruesa manta y con tiritona.

Llama al médico, un viejo amigo del tío que ya está jubilado. El hombre, sabedor de que no va a cobrar ni un euro por sus servicios, le dice al joven que no sale de casa con ese día de perros, que se lleve al Seve al hospital. Entonces llama a un taxi y como puede carga con el viejillo escaleras abajo, cinco pisos, porque no hay ascensor. Diagnóstico: pulmonía. Dada la edad del paciente, lo dejan ingresado.

Cecé ya se ha hecho con la billetera de su tío para pagar el taxi, y de paso algo más de efectivo para comprar comida y algún capricho. El enfermo tiene fiebre y su cuerpo menudo se pierde dentro de la bata del hospital. Los próximos días Cecé estará solo en la Imperial, sin nadie que lo controle.

Hace ya un tiempo que su cabeza maquina algo, y no es muy bueno. Es el momento en el que va a cobrar todos sus sueldos impagados. Los ojos le hacen chiribitas pensando en el valor numérico y monetario del incunable que se guarda en la cámara blindada y del que solo él conoce la existencia. El libro está en busca y captura por los coleccionistas de medio mundo, desesperados porque no saben dónde se oculta.

Ya se ha fijado en que el anciano tiene un ritual concreto cada vez que va a la trastienda y a la cámara acorazada. Y es que parece encomendarse a Dios leyendo una oración de un gastado misal que guarda al lado de la puerta. Como Cecé nunca lo ha tenido por un cristiano devoto, le da por pensar que quizás la combinación de la puerta blindada esté escondida en él.

En la contraportada interior del librito encuentra unos números que pueden coincidir. Decide hacer la prueba después de cerrar por la tarde y, efectivamente, la puerta se abre como la cueva de Alí Babá con todos sus tesoros.

Pero a Cecé aún le queda un poco de conciencia. No le gusta la palabra «robar», prefiere usar la de «intercambiar». En su casa tiene algo que para él es muy valioso. Lo va a intercambiar por el incunable.

Sabe el valor de mercado de la joya y, después de muchos intentos y no menos regateos, concierta un encuentro discreto fuera de la ciudad con un conocido coleccionista y erudito inglés, que además está forrado.

El tipo se hace acompañar de un abogado con pinta de mafioso. Amarrada a la muñeca lleva una maleta llena de dinero. El intercambio se hace rápido, sin papeles y sin testigos. La maleta pesa lo suyo, pero Cecé se siente más liviano que nunca. Esconde el dinero en un armario en desuso del cuarto de limpieza, después de tomar un buen fajo «para gastos».

Quince días después recoge a su tío en el hospital. El viejillo se ve muy enflaquecido y avejentado y más amarillo que un ramillete de mimosas. Lo primero que le pide a Cecé es que le devuelva la billetera. El joven ha tenido el buen sentido de reponer el dinero que había tomado «prestado». Ha comido a cuerpo de rey toda la semana: un chuletón que le supo a gloria, bacalao, lubina y marisco.

En casa, el enfermo se deja mimar por ocho días más. Cecé le pela una manzana, le arregla los almohadones, le pone la tele o le hace una infusión de manzanilla y miel. El anciano le da palmaditas en el hombro y le dice:

—Buen chico, eres un buen chico.

«Claro» —piensa Cecé—. «Yo siempre soy un buen perro. Verás cuando te enteres de que no soy un perro, sino una serpiente».

A los ocho días, el hombre quiere bajar a sus dominios. Tiene mono de trastienda, de manoseo de sus tesoros. Todavía se mueve lento y está débil, pero con la voluntad suficiente para ir a lo suyo, derechito a recrearse con sus antiguallas.

Cecé le pide a un amigo que los baje con el coche. No es cosa de llevar al viejo dando tumbos en la motocicleta.

Cuando don Seve abre la caja especial donde guarda el incunable y desenvuelve el paño de terciopelo que lo resguarda, le da tal pasmo que se queda sin habla, con movimientos espasmódicos, como un epiléptico.

Cecé lleva dos horas en la tienda esperando que, en cualquier momento, el viejo salga lanzando aullidos. Pero todo es silencio. Cansado de morderse las uñas por los nervios, cierra por dentro el local y va a ver qué es lo que tanto retiene al otro allá detrás.

Encuentra al vejete articulando sonidos ininteligibles, el cuerpo en tembleque y los ojos desorbitados, como el que sufre un ataque de pánico.

La caja del incunable está caída en el suelo. Cecé la levanta y comprueba con una sonrisa que la pieza de intercambio que colocó allí días atrás sigue intacta. Es una edición especial de un tebeo de Mortadelo y Filemón de la conocida Editorial Bruguera, de alto valor sentimental para él porque era un regalo de su fallecido padre.

Dentro de sus páginas, los personajes, viejos conocidos de varias generaciones de lectores, interpretan en viñetas divertidas y variopintas historias. Con una media sonrisa se imagina a Mortadelo y Filemón, a Pepe Gotera y Otilio, sufriendo las triquiñuelas de un Carpanta con más hambre que vergüenza.

—Vaya, tío Seve, ¿y esto era el incunable?

El viejo redobla sus esfuerzos por hablar y moverse, pero sin éxito. Los ojos se le cierran y la cabeza cae hacia un lado como una marioneta mientras convulsiona. Ha sufrido un ictus. Cecé corre otra vez con él al hospital.

Después de un largo tiempo, don Severo Conde vuelve a casa. Ha conseguido recuperar la movilidad del brazo derecho, pero no el habla. La memoria se le ha borrado casi por completo.

Cecé guarda la maleta con el dinero en su cuarto, y a todos los vecinos del edificio con los que se encuentra les dice lo mismo. Que dado que el tío se ha puesto tan malito quiere buscar un piso en la parte nueva de la ciudad cerca del hospital, con ascensor y todas las comodidades que el pobre necesita. Tiene unos ahorrillos y los va a emplear para que sus últimos años sean de lo mejor. Todos asienten. ¡Qué buen chico es este Carlos! Mejor que si fuese su hijo.

Así Cecé pasa a ser el propietario de un flamante ático en la parte nueva de la ciudad. El piso dispone de una gran terraza donde saca al anciano a tomar el sol y a ver las montañas de la sierra cercana. Tiene, además, su propio gimnasio y un frigorífico de dos puertas lleno con todas las exquisiteces que le apetecen. Una señora cuida al abuelete las horas que él está fuera de casa. El viejillo lleva pijamas de franela y batín de seda la mayor parte del tiempo. Ha engordado y su cara luce sonrosada y saludable.

Dos días a la semana, Cecé va a comer a un restaurante con estrella Michelin donde le retiran la silla, le tratan de señor y de usted. Se permite ser condescendiente con el camarero y responder con una sonrisa.

—No me llames señor, que aún soy muy joven. Todo el mundo me llama Cecé.

Visita las discotecas de moda ataviado de Armani. Todas sus camisas lucen algún anagrama molón en la pechera y sus *jeans* son «de marca», con los bolsillos bien grandes para que entre la llave de su último deportivo, el de color rojo. Ya no se junta con sus viejos colegas.

Se ha pasado por RICKY'S PELUQUERÍA UNISEX, donde los *influencers* de moda se dejan peinar. Ricky, antes Ricardito, oriundo de Villanueva del Alfajar, lo recibe en la puerta y le dice «hombretón» y «guapetón» mientras le toca el antebrazo. Le corta el pelo a surcos, como en un campo de cereal, con cuatro mechas rubias en el tupé, por todo lo cual le sopla trescientos euros. Precio especial por ser nuevo cliente.

También ha ido a ponerse un *piercing* en la oreja derecha. El maldito agujero se le infectó, y la oreja se le puso del tamaño de un zapato por más de quince días.

En una reciente subasta se ha comprado una Harley de segunda mano, pero que parece nueva. La deja en el *parking* de los niños pijos de la universidad. La majestuosa máquina brilla tanto al sol del mediodía que parece un espectáculo de rayos láser.

El cartel de la Imperial y el local en sí han sido remodelados. Ahora se llama «CECÉ CAFFÉ» y es un lugar de encuentro de universitarios con zonas de descanso y *chill out*, sin trastienda ni cámara blindada. En su lugar ha creado un espacio insonorizado con buen internet y mesas donde los estudiantes preparan sus exámenes.

Todo lo de valor está en una caja de seguridad del banco. Allí también guarda el maletón con el dinero. Tiene una cuenta de ahorro discreta para no llamar la atención, pero sus recursos monetarios son casi ilimitados.

Cecé es ahora el relaciones públicas de la vieja Imperial reconvertida y tiene dos empleados. Su trabajo consiste básicamente en fichar a las chavalas y tomarse algún que otro *cappuccino* para entretener la mañana.

El abuelete, ajeno al mundo, disfruta de una buena vida con *home cinema* en el salón del ático para ver sus programas favoritos (le siguen gustando los documentales de National Geographic).

Todos los fines de semana, para Cecé es de obligado cumplimiento coger el coche, el discreto, un pequeño Fiat, y llevar al viejito a merendar a la Alameda. El hombrecillo se pirra por el chocolate con churros y la tarta de queso.

Si se topan con algún conocido de otra vida, porque la ciudad es grande, pero no tanto, responde con agrado y simpatía a sus preguntas:

—¿Y cómo sigue don Seve? Se le ve muy saludable.

—Sí, contesta Cecé. Tiene muy buena salud dentro de lo que cabe para su edad.

El conocido de turno se aleja pensando en lo buen chico que es el chaval, mejor que cualquier hijo. Cecé se recuesta en la silla de la terraza, relajado, mientras piensa en lo bella que es la vida.

—¡Ay incunable, bendito seas dondequiera que hayas ido a parar!

14

Sin raíces

El árbol más fuerte no es el de las ramas más altas,
sino el de las raíces más profundas.

Iskender se lía un segundo porro. Es martes por la tarde y
el fin de semana aún queda muy lejos. Le da igual. Hoy se ha
saltado otra vez las clases del instituto. Ni siquiera ha cogido los
libros, que están destrozados.

Su tutor de estudios dice que es inteligente, pero como no
estudia ni acude a clase, le va a resultar difícil aprobar el curso.
Le sigue dando igual. Se siente aburrido y agobiado por todo.

Lola, la mujer de su padre, no deja de tocarle los cojones.
Alejandro haz esto, Alejandro haz lo otro. A ver si de una puta
vez se entera que él ahora se hace llamar Iskender y que nadie
más tiene derecho a llamarle por el nombre que le puso su madre.

Se rasca el antebrazo, donde lleva tatuada un águila con las
alas abiertas. Hoy la zona del puerto está tranquila. Al final del
paseo están los senderos que conducen a las rocas. A esta hora
siempre están llenos de pescadores echando la caña.

Probablemente su viejo también esté. Desde que salió de la
cárcel, hace ya dos años, se empeña en demostrar a todo el pueblo
que es un hombre honesto, un buen ciudadano.

Iskender hace una mueca. Tenía apenas nueve años cuando el borrachuzo ese de mierda mató a su madre en un arranque de furia.

Le cayeron diez años. Se las arregló para salir al cumplir siete. Aunque Iskender ha vivido en tres casas distintas desde entonces, siempre ve la misma mancha de sangre en la alfombra del salón.

El viejo lleva dos años intentando acercársele. Iskender solo desea que se muera. Él y la zorra con la que se casó estando en la cárcel. Respira hondo porque la rabia lo ahoga.

Este será el último año que vaya al instituto. Tanto si aprueba, como si no. Quiere ponerse a trabajar. Quiere irse de esa casa, quiere perderlos de vista, quiere olvidar. Faltan dos semanas para que cumpla los dieciocho.

Elías, el del taller mecánico, ya le ofreció trabajo el verano pasado. De momento va solo algún fin de semana para sacarse unas pelillas. No quiere depender del viejo, del reinsertado ese, que ahora reza a Dios y es abstemio, y una buena parte del año vive de las ayudas del Gobierno. Iskender no quiere comer la comida de la beata asquerosa que tiene por madrastra, que lo mira con desdén cuando el viejo no está delante.

Pronto llegará el verano. El pueblo y los chalets de veraneo se llenarán de turistas. Los bares contratarán gente. Si se queda, Celso y él andarán finos robando alguna cartera.

En una ocasión, se llevaron un BMW del aparcamiento de la playa. Se dieron unas vueltas, quemaron bien de rueda por las curvas del acantilado, le gastaron el tanque de gasolina, y luego lo devolvieron suavemente al sitio de donde lo habían cogido.

El dueño ni se enteró de que había perdido las llaves, despatarrado como estaba en una de las tumbonas de alquiler echándose la siesta. Sentados en el murete de la playa, Celso y él se meaban por la pata abajo viéndolo agacharse, buscando una fuga en el depósito y comprobando las ruedas de ochocientos euros que parecían cuatro piltrafas.

Se sonríe solo de recordarlo. El porro también ayuda. Se pone en pie y camina hasta el final del malecón. El mar hoy está como un plato y el atardecer es espectacular.

Iskender tiene vetada la entrada a unos cuantos locales del casco antiguo. Por fullero y por broncas. Aunque ahora ya ha pasado la fase de beber hasta caer al suelo, su pasado reciente y su aspecto actual no ayudan a la hora de parecer confiable. Y ser el hijo de quién es, tampoco.

Las buenas chicas ni se le acercan. Las malas, solo cuando lleva dinero para gastar.

Resulta un poco inquietante con el pelo rapado, lleno de todos los tatuajes y *piercings* que se ha podido pagar. Con su metro ochenta de estatura y esa fea cicatriz que tiene en la cara. Esa que le hizo el malnacido que mató a su madre con el mismo cuchillo de cocina, cuando él trató de defenderla. Un niño de nueve años contra un hombre, que, además, era su padre. Desde entonces el sabor de la sangre siempre está en su paladar.

Los primeros años tras la muerte de su madre fueron terribles. Lo mandaron a la granja de sus tíos en el campo. Allí fue el burro de carga desde el minuto cero.

Se escapó con trece años, llevándose la lata del dinero donde su tía escondía lo que sisaba de las compras. Lo encontraron y pasó a la tutela de Asuntos Sociales. Luego tuvo visitas temporales a dos casas de acogida. Lo devolvieron con el cartel de «defectuoso, problemático» y acabó en un colegio interno hasta los dieciséis.

Aprendió a usar los puños. Su altura y su corpulencia lo metían en todas las peleas. Se ponía ciego de birras y vodka barato. Por algo era hijo de quién era.

Mirta le enviaba una pequeña asignación mensual de la cuenta de ahorro que su madre había abierto para él a escondidas del borracho. Era apenas una cantidad simbólica. Se convirtió en el mafioso de las apuestas del dormitorio C-1, y así su pequeña miseria le daba ciertas ganancias. Hasta que los curas del internado lo descubrieron, y se pasó todo un curso encerando el suelo de la capilla y limpiando caca de caballo en un picadero cercano, donde le pagaban cincuenta euros al mes. El dinero pasaba a manos del padre Andrés «para gastos e imprevistos».

Cuando su padre salió de la cárcel, él acababa de cumplir dieciséis años. No tuvo opción de elegir. Lo mandaron a vivir con él. Hay que perdonar. Tu padre se ha rehabilitado. Ya no bebe y ha pagado su culpa. Todos merecemos una segunda oportunidad. Bla, bla, bla…

Un visitador social sigue viniendo todas las semanas. Hace preguntas, habla con la parejita feliz a solas, hace el *tour* de rigor por la casa donde cada adorno y cada cortina están bien puestos en su sitio. Después habla con él, sin entrar en mucho detalle, dos palmaditas en la espalda, dos consejitos y a correr. La beata vende la moto de buena madre. Está metida en tantas asociaciones que todo el mundo la ve como la salvación del chico, la única que lo puede enderezar.

Y el chico, que es él, solo quiere su cara de niño sin cicatriz, su madre de verdad sin postizos, sin sangre en la alfombra, sin dolor. Se da cuenta de que le corren las lágrimas por la cara. Siempre que se fuma más de un porro le da la bajona. Parece tonto.

Con las manos en los bolsillos regresa lentamente al paseo. Queda con Celso y Martín para tomar algo en la bolera. Nunca llega a casa antes de las doce de la noche. No quiere ver las caras de nadie. Entra derecho a la habitación y echa el cerrojo. Si lo están esperando, cosa que ocurre a veces, los deja con la palabra en la boca y cierra la puerta en sus narices.

Once días para cumplir los dieciocho. Recibirá la herencia de su madre. Una pequeña casita que era de los abuelos maternos y que ella tuvo el buen juicio de testamentar a nombre de su hijo poniendo como albacea a su amiga Mirta Millán. El puto viejo no se la pudo beber. El maldito cabrón. La casita lleva años alquilada, pero estará libre para el verano.

Iskender cambiará el mar frío del norte por las aguas más cálidas del levante. Pondrá tierra de por medio sin ninguna pena. Ni siquiera por la amistad de dos años con Celso y Martín. Al final son solo dos desarraigados como él.

Por suerte tendrá un poco de dinero para empezar de nuevo. El alquiler de la casita ha ido a parar a una cuenta a nombre de Mirta Millán, amiga de su madre y la única que siempre ha sabido cuándo Iskender necesitaba un cachete, una bronca o un abrazo. Dentro de quince días se reunirá con ella en Madrid, donde ahora vive, y Mirta le dará lo que le pertenece.

Va a pedirle a Elías trabajo en el taller para los dos próximos fines de semana. Necesita dinero para el viaje a Madrid y, desde allí, a Alicante.

A medida que van pasando los días, toma mayor conciencia de que si aprueba el curso tendrá más oportunidades de encontrar un trabajo. Mirta lo llama por teléfono para aconsejarle que se inscriba en un grado superior para tener una profesión. Que piense lo que le gusta.

Queda algo más de un mes para los exámenes finales. Decide ponerse las pilas, quedarse algo más de tiempo e intentar aprobar. Ahora apenas sale de su cuarto y aprovecha cada rato para estudiar. Es inteligente, puede hacerlo.

Un mes y diez días después tiene su título de bachiller. Para sorpresa de todos, y después de las extraordinarias, ha conseguido aprobar todo el curso. Por primera vez en mucho tiempo se siente bien.

La beata ya lo sabe. Es miembro de la Asociación de Padres de Alumnos. Acepta el mérito de Iskender como suyo propio. Claro, a la vista del resultado ella es una buena influencia.

Con el dinerito que se ha ganado en el taller compra unos vaqueros y una camiseta nueva. También unas zapatillas de deporte. No son de marca, pero le sirven, no es caprichoso.

Tiene dieciocho años y dos meses. Y un billete de ida para el autobús a Madrid que sale hoy, 3 de julio. Los dos años de su vida en casa caben en una bolsa de deportes y aún sobra espacio. No tiene mucho que decir, salvo una despedida corta a los dos que están en la cocina.

El viejo hoy parece más encogido y arrugado que nunca, con los ojos llorosos. Iskender evita mirarlo a la cara.

Su padre tiene un sobre blanco en la mano.

—Toma —le dice—, por si necesitas para el viaje.

Iskender coge el sobre y lo abre. Cuando ve que es dinero se lo devuelve.

—No quiero nada tuyo, tengo el dinero que me pagó Elías y ya he comprado el billete.

—Alejandro, soy tu padre. Si necesitas algo de nosotros ya sabes dónde nos tienes.

—Hace muchos años que no eres nada mío —contesta Iskender mirándolo con odio.

Su viejo se da la vuelta con las manos en la cara y sale de la cocina con su mujer detrás. Lo oye llorar en su habitación. También oye a la beata que le dice:

—Miguel no te pongas así, no le hace bien a tu tensión. Es un desagradecido que no es capaz de perdonar.

Iskender coge su bolsa de deportes y sale por la puerta. Cierra despacio, sin hacer ruido. Algo de la opresión que tiene en el pecho se le disipa con la brisa cálida del verano.

La estación está tres calles más abajo. Camina despacio para hacer tiempo, porque aún le quedan tres cuartos de hora de espera hasta que salga el bus. Delante del Charlot se encuentra a Celso y a Martín sosteniendo unas birras. Hace semanas que no queda con ellos por los exámenes, y no les ha dicho que se va.

—¡Hombre! El desaparecido. ¿Dónde estabas metido, perro? —pregunta Celso.

—Aprobando el bachiller, mientras tú cuentas musarañas, capullo.

Martín se ríe. Es un poco cortito. No ha terminado ni la ESO. Trabaja los fines de semana en un invernadero de las afueras. Tiene buena mano para las plantas.

—¿Te vas de vacaciones o qué? —pregunta Martín.

—Me marcho, tíos, por fin me largo de aquí para siempre.

—Joder, chaval. ¿Y ahora nos lo dices? —Celso está molesto—. Si no llegamos a estar aquí afuera ni te despides.

—Ya, es que no soy mucho de despedidas, ya sabes.

Celso se le acerca.

—¿Y tu viejo cómo se lo ha tomado?

—Allí se ha quedado. Ojalá no tenga que ver su careto nunca más. Bueno, tíos, me voy yendo.

—Espera, que te acompañamos.

Martín se pone en pie. Iskender echa a andar con los dos amigos. Un poco de pena sí le da dejarlos. Han echado buenas risas y son lo más parecido a una familia que ha tenido. Se palmean la espalda cuando se despiden, se abrazan.

—Da señales de vida de vez en cuando, que aquí nos quedamos el tórtolo este y yo más solos que la una. Tío, vaya putada me has hecho. Ahora tendré que ponerme a trabajar.

Celso parece apenado. Iskender decide que cuando se instale en la casita los va a invitar a pasar una semana con él.

El autobús sale puntual. Cuando gira la curva para salir del aparcamiento ve a su padre de pie inmóvil en el andén 24. Levanta la mano a modo de despedida mientras el autobús se aleja.

Maldito sea, ha ido hasta la estación. Tenía que amargarle hasta el último minuto. Iskender ignora la tristeza de su rostro y mira para otro lado sin despedirse.

Cuando el autobús enfila la carretera general, vuelve la vista hacia la estación. El viejo sigue en el mismo sitio. Parece derrotado por la pena y la culpabilidad. Iskender se tira diez minutos llorando. Nadie le presta atención. Después, se pone los cascos para oír un poco de música. La tarde da paso a la noche. En la primera parada se come un bocadillo con una cerveza que él mismo ha comprado en el autoservicio del pueblo. A las once y media llega a Madrid. Mirta le ha prometido recogerlo en la estación. Pasará la noche en su casa y mañana a primera hora irán al banco y al notario.

Enseguida la ve, guapa y elegante como siempre. A sus cuarenta y siete años se conserva estupenda. Tiene una voz que rezuma calma y dulzura. Es psicóloga y enfermera como era su madre. Sus dos hijos estudian en la universidad; su marido es abogado.

Cuando ella lo ve agita el brazo con energía. Hace casi un año que no se encuentran. Ella estuvo en el pueblo donde todavía viven sus tíos. Le llevó a Iskender un bolso con ropa de sus hijos.

Cuando baja del bus, la mujer cae en sus brazos. Es más alta que la media y siempre huele muy bien. Un olor a lavanda y flores, muy parecido al que usaba su madre.

—Bienvenido, Alex. ¿Traes más equipaje?

—No, solo esto.

—Vamos entonces. He dejado el coche en la parte de atrás. ¿Qué tal el viaje?

—Bien, un poco largo.

Mirta no pregunta por el viejo ni por Lola, solo por sus tíos. Elías está bien, le cuenta Iskender, y María también. Ha estado casi todo el año trabajando en el taller mecánico.

Mirta ya lo sabe, porque habla a menudo por teléfono con Elías. El chico no ha estado descuidado en ningún momento, pero es como un asno díscolo muy difícil de llevar con las riendas. Está orgullosa de él. Ha puesto empeño y ha aprobado su bachiller. Ahora tiene que convencerlo para que se apunte a un grado superior.

Está más delgado que el año pasado, parece incluso que ha crecido. Elías le contó que el chico no comía en su casa nunca. Se buscaba la vida en el bar o se hacía un bocadillo en el autoservicio. María a menudo le bajaba un táper con algo caliente al taller que el chaval devoraba con ansia.

Mirta lo observa de reojo. Es guapo, con los mismos ojos que su madre.

Cuando Delia le pidió por favor ponerla como albacea de una cuenta de ahorro que tenía para Alex y de la casa de los abuelos, Mirta pensó que se iba a meter en camisa de once varas.

—Por favor, Mirta, creo que Miguel cualquier día me va a matar. Cada vez está peor. Cuando viene borracho le da por decir que lo engaño con otros. No se da cuenta de que cuando estoy fuera por las noches es porque hago el turno en el hospital. Lo van a echar del trabajo. Ya he pedido traslado a Madrid, pero tardará unos meses. Entonces me marcharé con Alex,

Los temores de Delia se cumplieron. Su amiga de la universidad murió por el mal golpe de su marido borracho, y poco después el niño, de apenas nueve años, pasó bajo la tutela de sus tíos. Habían ocurrido cosas que ella no pudo evitar, pero para el muchacho aún seguía siendo su persona de confianza.

Iskender se queda tres días en Madrid; soluciona con Mirta todos los temas legales. Después coge un tren para Alicante. En su mochila lleva las llaves de la casita de los abuelos, la herencia de su madre. Cuando llega tiene que coger un destartalado cercanías. La casita de los abuelos está en una zona de campo, a noventa y seis kilómetros de la playa. El entorno es más rural de lo que Iskender esperaba. En la entrada abundan las huertas siguiendo la línea del río, los invernaderos y unos cuantos campos de frutales.

Las casas son blancas y azules de una o dos plantas con azoteas donde el sol parece brillar con más intensidad. Y se distribuyen en apenas seis o siete calles.

Es casi media tarde y algunos ancianos están sentados charlando al fresco.

—Hola, buenas tardes. Busco la calle Calvet.

—Es aquella. —Señala una de las viejas que está desgranando vainas de legumbres.

—¿Vienes de veraneante? —pregunta otro con curiosidad.

—Vengo a vivir aquí —dice Iskender—. Soy el nieto de Tomasa y Aurelio.

—¿Tú eres el hijo de Delia? Tu madre se crio aquí. Luego fue a estudiar a la capital y vino dos veces con un niño, que seguramente serías tú —explica otra de las mujeres.

—Sí, era yo. Pero no me acuerdo, porque era muy pequeño. Bueno voy a ver. Hasta luego.

—Hasta luego, hijo, hasta luego.

Según se va alejando, Iskender los oye murmurar bajito, contando sin duda todas las tragedias de la vida de su madre.

La casita está muy bien cuidada. Con las paredes y las contraventanas pintadas como las otras de blanco y azul. Cuando mete la llave en la cerradura es como acceder al umbral de otra vida, una nueva donde las cosas se le van a dar bien.

A mano derecha del pasillo hay una pequeña cocina, antigua, pero muy luminosa. A la izquierda una sala de tamaño aceptable. La vivienda tiene dos habitaciones, un cuarto de baño y una pequeña escalera de caracol que sube al ático donde hay un salón con los techos abuhardillados. Tras dejar la bolsa en uno de los cuartos va a la cocina. Tiene sed. Quizás pueda beber un vaso de agua. Del grifo sale un agua caldosa. Se enjuaga la boca mirando por la ventana de la cocina. En la parte de atrás hay un pequeño jardín con un terreno vacío acondicionado para huerta, un pozo redondo, con su cierre y un cubo de zinc. También una mesita de terraza con cuatro sillas. Iskender sonríe. Es más de lo que esperaba. Se siente a gusto inmediatamente.

En la cocina la nevera está vacía. Tiene que salir a comprar algo de comida. Encuentra un pequeño supermercado dos calles más atrás.

Ha de soportar miradas curiosas y alguna otra pregunta de la dependienta. Responde con agrado. Sabe que su aspecto a veces intimida un poco. Media hora después está de vuelta. Con su limitada habilidad se cocina una tortilla francesa y dos filetes, que come con voracidad. En el jardín de atrás se bebe a tragos cortos una cerveza fresquita. Cuando la noche cae, recorre todos los cuartos. Mirta le ha dicho que en una caja en el ático hay fotografías de sus abuelos y su madre. Encuentra la caja al fondo en un armario. Durante las dos horas siguientes las fotografías le cuentan la parte feliz de una historia desconocida para él. Se parece al abuelo Aurelio, alto y sobrio, quién en todas las fotos tiene la mirada puesta en su abuela Tomasa. Ve las fotos de su madre, una adolescente preciosa. El rencor le sube de nuevo a la garganta. El malnacido no paró hasta matarla. Maldito sea.

Respira hondo y llama a Mirta, que contesta al segundo tono. Le da las gracias por todo, le dice que está feliz. Los invita a que vayan en la primera ocasión que se les presente. Después, cuelga con la sensación de que su vida, tanto tiempo en pausa dentro de un profundo agujero, empieza por fin a tener sentido.

Saca unas sábanas del armario, y hace la cama en la habitación de color blanco con una pequeña galería que parece ser la de su madre. Un cuarto de hora más tarde está dormido.

Por la mañana decide ir a la ciudad para matricularse en el próximo curso. Lo que mejor se le da es la mecánica. Así que se matricula en el primer año del grado.

De regreso al pueblo ya ha localizado dos o tres talleres donde piensa pedir trabajo. No quiere gastarse los ahorros porque planea sacarse el carnet y comprar un coche de segunda mano.

Establece una rutina y los días pasan de prisa. En agosto, sus amigos van a visitarlo. Se quedan una semana.

—Vives en un pueblo de mala muerte tío —le dice Celso—. ¿No te aburres en este ambiente tan… rural?

—¡Qué va, pana! —dice Iskender—. El río está guay, y cuando quiero fiesta me voy a la villa que está solo a diez kilómetros. Hay varios *pubs* y una discoteca abierta en verano.

Iskender sabe que sus amigos no vendrán más. Aquí se aburren.

Ya tiene un trabajillo por horas de jueves a sábado en un taller de las afueras.

Los dos años siguientes transcurren sin sobresaltos. Ahora lleva el pelo largo, atado con coleta. Termina su grado y consigue trabajo de jornada completa en un taller de la ciudad.

En este lapsus de tiempo ha sabido de su padre. La beata lo llamó para decirle que estaba ingresado en el hospital haciéndose unas pruebas. El viejo tenía cáncer de hígado. Le suplicaba que fuese a verlo.

Iskender ignoró su petición. ¿Es que nunca iba a estar lo suficientemente lejos para que lo dejasen en paz?

Se había comprado un coche de segunda mano, un Ford Fiesta tan destartalado que daba pena. Se pasó horas arreglándolo en el patio de la casita hasta que estuvo presentable.

A punto de cumplir veintiún años conoció a Laura en la discoteca Tívoli. Ella estaba sentada en una mesa casi en penumbra, retirada de la pista de baile. Unas gafas oscuras de sol le tapaban parte de la cara. Tenía la melena rubia, larga y lisa.

Le resultó chocante verla con las gafas de sol dentro del local oscuro, y pensó que se iba a divertir un poco averiguando de qué iba.

—Hola —le dijo—. Me llamo Iskender.

Ella giró la cabeza para mirarlo y sonrió ligeramente.

—Laura —contestó simplemente.

—¿Vienes mucho?

—No mucho. Esta será la cuarta o quinta vez. Veraneo con mi familia aquí desde hace años.

A estas alturas, Iskender ya se había sentado a su lado. Su pelo olía a champú y no usaba perfume. La boca era carnosa de labios gruesos y bien perfilados. Sintió de repente deseos de besarla.

—¿Siempre llevas gafas de sol en sitios cerrados y oscuros? —le preguntó con curiosidad.

—Tengo un problema en los ojos —respondió ella—. Tu nombre es original. ¿Es ruso?

Iskender se rió.

—En realidad, me llamo Alejandro, Alex. Pero una amiga mía enganchada a las novelas turcas me dijo que Alejandro se dice Iskender en turco. Me gustó y decidí que me lo quedaba.

—Ah, es original.

Cuando acaba la sesión se levantan y ella se agarra al brazo de Iskender para caminar.

—¿Has venido en coche? —le pregunta él.

—Si, en el de una amiga —responde ella.

—Hazme una perdida para tener tu teléfono y hablamos por WhatsApp —le pide Iskender, loco por no perderla de vista.

Ella se quita las gafas con una sonrisa triste.

—Iskender, no te has dado cuenta, pero soy ciega.

—Ah —contesta él sin inmutarse—. Es por eso por lo que no has visto la cicatriz que me cruza la cara.

Laura le toca siguiendo la línea de su mandíbula. Su mano suave es una caricia, un bálsamo que alivia la soledad que arrastra desde niño.

—No es para tanto —responde ella—. Me habías asustado.

Ambos ríen aliviados.

—Chica —bromea Iskender—, qué suerte que te has fijado en mí.

—Verte, verte, no te he visto. Ha sido todo por intuición. Mis amigas dicen que eres guapillo, rollo chico malote.

—Ja, ja. Algo de eso ha habido, pero ahora estoy reformado. Déjame que te lleve a tu casa —le dice en un impulso.

Y sorprendentemente ella dice que sí.

Seis meses después, Iskender se pelea con dos tipos que han acorralado a Laura a la salida de un *pub* para robarle el bolso. Cinco minutos. Apenas un instante que la dejó sola para ir a por el coche aparcado en la calle de atrás. Reacciona con tanta violencia que uno de los tíos acaba en el hospital. Hay cruce de denuncias y juicio. El marido de Mirta, que es abogado, viene para hacerse cargo de todo. La beata se entera, quién sabe cómo. Y por primera vez en casi cuatro años, oye la voz de su padre al teléfono. Tiene puesto el manos libres y escucha a la beata por detrás apostillar cada frase que el viejo dice.

Él se cansa y la manda salir del cuarto de hospital, donde se muere lentamente desde hace semanas.

—Déjanos en paz Lola. Mi hijo no es ningún criminal. Yo he sido el animal que perdió la cabeza y que fue a juicio por arrebatarle la vida a una mujer. Él es un héroe que va a juicio por defender a otra. Tiene mi respeto y estoy orgulloso porqué es un hombre de bien.

Hace días que Laura le viene hablando de compasión y de perdón. Ella ha perdonado al tarado que la dejó ciega al atropellarla con la moto hace seis años.

—El perdón te libera, Alex. No vivas más tiempo esclavizado por este dolor.

La mañana del 6 de noviembre, Iskender se presenta en la zona UCI de la planta de oncología del hospital. Su padre yace consumido debajo de las sábanas. Tiene los ojos cerrados y respira trabajosamente. Se está muriendo. Iskender quiere hacerse el duro, pero aun así se conmueve. Acerca la boca al oído de su padre para decirle lo que ha ido a decir.

—Papá, soy Alex. Vengo a decirte que pese a todo nunca he dejado de quererte, que lamento todo lo ocurrido y te perdono. ¿Entiendes? Te perdono. ¿Recuerdas cuando yo tenía seis años y pescamos en alta mar aquel bonito? Lo que sudamos todos para traerlo al puerto. ¿Te acuerdas? Aquel fue uno de los días más felices de mi vida.

Las palabras de Iskender cambian la expresión del viejo y la vuelven serena. Como si la visita de su hijo fuese lo que estaba esperando para morir, quince minutos después deja de respirar.

Lola llora en el pasillo. Iskender la ve más delgada y envejecida. La enfermedad de su padre parece haberla dejado sin energía. Levanta la vista al verlo, con esa expresión en la cara de quién espera insultos y conflictos.

Pero Iskender ya no es la misma persona que abandonó la casa hace cuatro años. Ahora conoce el amor, se ha vaciado de su rabia, de su sufrimiento. Ahora puede comprender el don tan valioso que es tener una segunda oportunidad.

—Sé que contigo me he portado como un cerdo y lo lamento. Me gustaría agradecerte de corazón que hayas cuidado a mi padre todo este tiempo.

Ella lo mira, en cierto modo sorprendida por su actitud y sus palabras.

—Eso es lo que hacen las personas que se quieren, Alejandro. He arreglado tu cuarto en casa. No vayas a dormir a un hotel. Me gustaría darte unas cosas que tu padre ha dejado para ti, y algunas fotografías, si quieres

—De acuerdo. Te llevaré a casa para que descanses. Tengo el coche fuera.

Cuando tres días más tarde Iskender regresa a casa tras el funeral, encuentra a Laura esperándolo en la cocina.

—¿Cómo estás? —le pregunta ella.

Con su pasado en orden ya no hay nada pendiente.

Su sonrisa es amplia cuando contesta.

—Ahora bien. Mejor que nunca —dice mientras busca la mano de Laura, sintiéndose por fin en paz.

15

Funambulistas

La vida no se trata de esperar a que acabe la tormenta,
sino de aprender a bailar bajo la lluvia.

Sergei, alias el Lobo Estepario, sale del albergue de Rekalde con la bolsa de deporte donde lleva todo lo que posee. Es un hombre pulcro, con el pelo y la barba bien recortados y un halo de ascetismo en toda su persona. Camina hasta la Gran Vía y se coloca en su sitio de costumbre, detrás de la marquesina del autobús junto a las puertas del banco BBVA. Saca su cartel, el mismo de hace veinte años que reza con letras grandes: «PARA COMER Y VOLVER A MI PAÍS»

Sergei es —o era— ruso. Hoy es un apátrida que se mimetiza asombrosamente durante horas con el mobiliario urbano. No pide nada, no habla, solo pierde la mirada en un punto lejano dentro de sí mismo. Como un monje budista con voto de silencio. Las manos en las rodillas y los hombros relajados parecen decir que no hay prisa en la espera, ni miedo del porvenir. Siempre que lo veo me imagino que es un objetor de conciencia. Pero ¿Qué objeción y qué conciencia? ¿La conciencia universal? ¿El inconsciente colectivo? ¿La mala conciencia? Es un misterio.

Frente a las barandillas del paseo de la ría, a la altura del mercado de flores de la Ribera, cualquier mañana de domingo encontramos a Diego, caballero argentino, muy bien acompañado de una guitarra española. Tiene la edad justa en la que muchos se verían en un cómodo sillón sentados junto al fuego. A él la guitarra le suena con maestría, con ese estilo de conservatorio elegante y depurado. Cuando se arranca con *El concierto de Aranjuez,* la sentida *Alfonsina y el mar* o el socorrido *Guantanamera,* las plantas de frondosas hojas del mercado, que aman la música, entran en estado de fibrilación. El talento musical de Diego se vende barato por unas ajustadas monedas que le dan para mantenerse día a día. Pero no parece que le importe. Cierra los ojos, fundido con la melodía, orquestando sus propios sentimientos. Y todos los demás, solo somos notas musicales discordantes que se arriman a las cuerdas de su guitarra como polillas a la luz.

En la calle Gran Vía, junto a la puerta norte del Corte Inglés, está Petri. Es el rumano que hace cantar a su acordeón. Tan pronto se decide por un *'O sole mio* que por un *va, pensiero* de Nabucco que por un desgastado *Despacito.* Y el coro de escuchantes, como niños de Hamelín, balanceamos discretamente las caderas mientras él sonríe sabedor de que tiene la magia que sacará algunas monedas de nuestros bolsillos.

En la alameda del Arenal, delante del kiosco donde la banda municipal ataca con zarzuelas como *El caserío* o un enfebrecido himno del Athletic Club, el rey es Koldo. Desaliñado, con rastas y las ropas impregnadas de un cierto tufillo a porro y desaseo, él es lo que aquí algunos llaman despectivamente «un perroflauta».

Koldo hace pompas gigantes de jabón, las mueve con soltura por el enlosado, igual que un entregado Charlie Chaplin movía el globo del mundo en *El dictador.* La magia de sus movimientos despierta el brillo en los ojos de los niños. De vez en cuando deja caer una caricia al vuelo en la testa de un perro feo, sin raza ni papeles, que duerme confiado sobre su mochila.

Un poco más atrás, delante del restaurado y bellísimo teatro Arriaga, unos músicos peruanos preparan sus pertrechos. Suena su música y los espíritus ancestrales de la naturaleza, cautivos en sus flautas andinas, vuelan y se encaraman a las farolas oteando el horizonte. Cuando el cóndor pasa, se cuelgan de sus alas poderosas para dejarse caer en la savia verde de los parques y el murmullo cantarino de las fuentes.

En las cercanías de la boca del metro del Casco Viejo, está María. La crisis y los bancos la han desahuciado de su casa con sus cuatro hijos. Ella no canta ni baila, pero sabe hacer a diario el milagro de los panes y los peces con las escasas ayudas que le caen.

Cuando la veo, se me viene a la mente aquello que dice:

Desgraciaíto *aquel que come*
el pan por manita ajena,
siempre mirando a la cara,
si la ponen mala o buena.

En los pórticos de la plaza Nueva, el senegalés Ayibe recorre por decimoctava vez el cuadrado perfecto del terraceo con sus mercancías. A los sentados con la cervecita y una fuente degustación de pinchos por valor de quince euros, no les tiembla ni una pestaña en el regateo de un euro contra la ganancia del chico negro que intenta venderles un par de gafas. Ayibe no pierde la sonrisa. Cuando has salido del infierno, no te vas a quejar por estar algo incómodo en el purgatorio, ¿no?

Estos funambulistas de la vida que se arriesgan a pie de calle sin red ni vara de equilibrio forman una cadena invisible por toda la geografía de la ciudad. Vivimos la vida que podemos, la que nos toca. Unos viven en la opulencia, otros en el olvido, algunos en el pasado, algunos otros en la ignorancia. Ellos, los funambulistas de la vida viven en la cuerda floja, afianzando sus pies descalzos en el filo de la navaja. Con escudos de madera se protegen de las cornadas de la vida, de nuestros prejuicios, del desgaste de nuestra indiferencia. Ellos mejor que nadie saben cuán fina es la línea que separa su diaria lucha sin tregua de nuestro inconformista bienestar. Tal vez podamos por ley negarles nuestro diezmo, pero estamos obligados en conciencia a concederles nuestro respeto.

¿Conciencia?, sí, quizás esa conciencia sobre la que Sergei reflexiona y objeta sentado a la intemperie en la más principal de las avenidas, rodeado de paseantes, bancos y consumo.

Invisible siempre. Siempre solo.

16

Cómo hemos llegado hasta aquí

*Sé el maestro de tu destino,
y no el esclavo de tus problemas.*

Eustace detiene el camión escenario en el arcén de la carretera comarcal. El mapa de carreteras nos ha llevado por un atajo y hemos acabado en medio de la nada.

La *roulotte* que va delante se para a unos cien metros del camión. Petrus se baja y se acerca caminando a donde estamos.

—Belafonte. ¿Pasa algo? —me pregunta.

—Creo que andamos perdidos —le contesto.

El calor a las tres de la tarde de este 2 de agosto del 82 es sofocante. No hay ni una sombra en kilómetros. Vivimos en la carretera. Nos hacemos llamar Troupe Belafonte y nos dedicamos a hacer espectáculo de varietés por los pueblos.

Moviendo exageradamente las caderas se acerca Emperatriz Valdés, un travesti que se nos unió hace cinco años y que cuando se maquilla se parece a Tina Turner y canta casi igual y Marissa, bailarina de *pole dance* y ayudante en mis números de magia.

Petrus es el más veterano de la Troupe. Es rumano y un crac con el acordeón. Tan pronto interpreta *Hijo de la luna* como el

The Second Waltz de Shostakóvich. A menudo, presume que en su país ha sido policía secreta, pero yo no me lo creo.

Eustace es nuestro hombre orquesta: saxofonista, batería, guitarra eléctrica y teclados. Y, si es necesario, mecánico también.

—Belafonte, cielo ¿No podríamos parar en un sitio con sombra? Se me va a estropear la piel del cutis —se queja Emperatriz.

No le voy a decir que ese cutis tan perfecto está necesitando un rasurado con urgencia. Sé que en los viajes largos se pone algo sensible.

Marissa me mira sin hablar. Ahora mismo ella y yo estamos en la fase de la luna de miel de nuestro segundo intento como pareja. Repaso con la mirada su cuerpo de curvas suaves, bien trabajado. No es muy alta, pero lo tiene todo en su sitio. Su número de *pole dance* es uno de los que más gusta al público masculino.

—Belafonte, vamos a seguir unos kilómetros más —dice Eustace—. Esos campos son de rastrojo de cereal. Tiene que haber un pueblo cerca.

Media hora después, topamos con una aldea de una treintena de casas, encajadas entre un grupo de rocas de formas extrañas.

Un perro que dormita a la sombra de un manzano ladra y nos sigue furioso pegado a la rueda. No se ve un alma. A nuestro paso los visillos de las ventanas se mueven de forma sigilosa, pero no sale nadie. Hay una plazoleta de tierra delante de la iglesia. Aparcamos allí, sacamos un avance del techo de la *roulotte* y cocinamos algo sencillo para calmar el hambre. Eustace pone un viejo disco. Por el altavoz se escuchan los acordes de *My Way* con la voz de Frank Sinatra. En la segunda estrofa el vinilo se queda enganchado repitiendo la misma palabra. Suena como la voz de un almuecín llamando a la oración. Aun así, no sale nadie de las casas. Normalmente atraemos la atención allí donde vamos. Pero hoy habrá que echar mano del plan B.

Una hora después, Emperatriz y Marissa ya se están acicalando en la *roulotte*. Cuando salgan, una con su altura y sus plumas de *vedette*, y la otra con su maillot de hebras de plata, nadie se les podrá resistir. En el pequeño camerino del camión escenario doy los últimos toques a mi traje de mago, y Petrus se ajusta la pajarita roja y el chaleco sobre su panza redonda.

Eustace coloca todos los pertrechos y conexiones en el escenario. Bajo los focos de colores los dragones tatuados de sus brazos parecen lagartos vivos.

A las seis levantaremos el telón. El plan B es hacer tanto ruido que hasta los ratones salgan de sus escondrijos.

Cuando a las seis y cinco levantamos el telón, unas treinta personas, hombres y mujeres con unos cuantos niños están sentados en silencio en las sillas plegables que hemos puesto en la plaza para el público.

Hay una docena de tipos vestidos de negro, de pie al lado de brillantes todoterrenos, también negros. Las mujeres agitan abanicos para aliviarse del calor. Los hombres de negro sujetan sus armas oscuras, que brillan al sol como mortíferos diamantes.

Empiezo con mis palabras habituales de bienvenida, pero el hombre más elegante de todos, uno que lleva gafas de marca oscuras y parece el jefe, me hace una señal de que me calle. Entonces alza la voz y me pregunta:

—¿Quiénes sois y dónde está el permiso para aparcar aquí?

—Somos la Troupe Belafonte, un grupo de artistas ambulantes que ofrecemos por los pueblos un espectáculo de varietés —le contesto—. No sabía que necesitábamos un permiso.

—Mi nombre es Berto Mandino. Soy el alcalde de este pueblo —responde el de negro.

—¿Qué es? ¿El alcalde o el alcaide? Porque más bien parece el gobernador de una prisión —dice Marissa en voz baja.

—Somos artistas —repito—. No cobramos entrada. Solo pedimos la voluntad del público.

—De acuerdo —admite el tal Mandino—, pero si el espectáculo no nos gusta acabareis malparados.

Comenzamos la actuación con un número de *music hall* a cargo de Emperatriz, no muy apto para niños, pero con las armas en primera fila no estamos para remilgos. Se oyen silbidos, bufidos y alguna que otra palabra malsonante. Emperatriz da lo mejor de sí cantando con su voz gruesa y un tanto rasposa.

Después me toca hacer el número de magia con Marissa como ayudante. La meto dentro de un baúl, la hago desaparecer, la hago aparecer, la atravieso con espadas. Escondo pañuelos, desato nudos y ejecuto varios números con cartas muy del gusto de Berto Mantino y sus secuaces. Niños y adultos aplauden a rabiar.

Mantino solo tiene ojos para Marissa. La sigue con la mirada, como un halcón a su presa. El número de *pole dance* deja a todos sin habla. Bajo los focos de luz dorada Marissa parece una delicada mariposa flotando sobre la barra. Mantino está hipnotizado. Pide que se repita el número y lanza varios billetes de cien euros al escenario. Marissa utiliza una de las largas telas que penden del techo del escenario para hacer un número acrobático aéreo. Eustace sale con la guitarra eléctrica y Emperatriz, caracterizada de Tina Turner, canta *The Best*. También tienen que repetir el número.

Después, Mantino se sube al escenario y como en un karaoke interpreta con mal oído y peor voz una canción popular.

—Vosotros, los de la Troupe —vocea Mantino cuando acaba—, esta noche sois invitados de honor en mi casa.

En la mente de todos está el salir por patas de madrugada. Este es un pueblo de narcos, estamos seguros.

La casa de Mantino es discreta por fuera, pero una auténtica mansión con toda clase de lujos en el interior. La mesa está situada en una gran terraza al lado de la piscina. Hay cuatro hombres, con trajes de verano y cadenas de oro, tomando unas bebidas. Llevan pistolas en la cinturilla del pantalón. Mantino los presenta como «hombres de negocios». Cuento unos chistes y Emperatriz canta una canción picante que hace reír a todos. Marissa está sentada al lado de Mantino, que no desaprovecha la ocasión de toquetearla. A estas alturas ya está muy borracho.

—Señor Mantino, ¿qué hacemos con el otro invitado, el que descansa en las habitaciones? —pregunta uno de sus esbirros.

—Tratarle según la costumbre —contesta Mantino sin pensarlo mucho.

Tras la cena, Mantino insiste en llevarse a Marissa al piso superior con la excusa de mostrarle una colección de abanicos. Insistimos en que estamos cansados después de la actuación, pero el tipo no cede. Mando a los demás a desmantelar el escenario y guardar todos los pertrechos en el camión. Vamos a tener que salir zumbando de aquí.

Me quedo en la acera para socorrer a Marissa si fuera necesario. Una luz se enciende y apaga dos veces en una habitación del segundo piso que da a la calle en la que me encuentro. Y Marissa sale al balcón con cara de susto.

—Belafonte, ayuda —dice—. Creo que lo he matado.

—¿Qué ha pasado? —le pregunto.

—El muy cerdo intentó echárseme encima y lo golpeé con un jarrón de bronce que había sobre un mueble. Está sangrando y no se mueve. Creo que lo he matado.

Trepo hasta el segundo piso y miro al interior de la habitación. El tío está tirado en la alfombra en la que ya hay una mancha de sangre. Apago la luz rápidamente y agarro del brazo a Marissa.

—Vámonos —le digo y nos descolgamos con rapidez hasta la acera.

Bajamos sin faros con el camión y la *roulotte* rodeando todo el pueblo. No hay luces en las ventanas. Cuando enfilamos de nuevo la carretera comarcal respiramos aliviados. Conducimos toda la noche y salimos a la autopista. Al amanecer paramos en un motel para desayunar. Eustace me llama pálido y asustado.

—Belafonte, tienes que ver esto.

Subimos a la parte trasera del camión. La tapa del baúl que usamos para el número de magia está levantada. Dentro hay un cadáver con dos agujeros de bala en el pecho.

—¡Por Dios! ¿De dónde ha salido este? —grito.

Esto no puede ser verdad. Dejamos un muerto en el pueblo y nos hemos traído otro fiambre en el camión.

—Tenemos que deshacernos de él —dice Emperatriz, que se ha acercado a ver qué pasaba.

—Es mejor llamar a la policía —sugiere Eustace.

—Si hacemos eso nos van a enchironar a todos —contesto.

Entonces me acuerdo de que había un invitado «descansando» en las habitaciones de Mantino. Estoy seguro de que es el que ahora tengo en mi baúl de magia.

—Marchémonos de aquí. Nos desharemos del muerto en el primer descampado que veamos —les digo.

Nos ponemos nuevamente en marcha. Unos diez kilómetros más adelante, el altavoz de un helicóptero de la Policía nos indica que paremos a un lado de la carretera. A cien metros hay dos coches patrulla cerrándonos el paso. Bajamos de los vehículos, nos cachean y encuentran el cadáver en el baúl.

—Comisario, aquí está el agente encubierto —dice uno de los policías—. Por desgracia está muerto.

—Entonces Mantino no mentía al decir que lo habían ocultado en el camión —contesta el comisario.

—¿Mantino está vivo? —pregunto al agente.

—Sí, se quejaba como un bebé porque alguien le estrelló un jarrón en la cabeza.

Marissa respira aliviada. Después de todo, no lo ha matado.

—Todos a comisaría —ordena el inspector—. ¿Quién de ustedes es el exteniente Petrus Lazarus?

—Soy yo, señor —contesta nuestro Petrus adelantándose.

—Le agradezco su llamada dando el soplo. Una unidad de las Fuerzas Especiales, con el apoyo de la policía, ha tomado el pueblo durante la noche. Hemos detenido a Mantino y a otros gerifaltes que se alojaban en su casa. Hemos incautado un importante alijo de cocaína y hachís.

Miramos asombrados a Petrus. Pues sí que era verdad que en su país había sido policía. Ya en comisaría, me toca pasar primero a declarar. El inspector Bermúdez levanta la vista cuando entro.

—¿Su nombre es Paulo Belafonte? —me pregunta.

—Sí, señor.

—Vamos a tomarle declaración. Cuente todo lo que recuerda. Sea lo más preciso posible.

Entonces empiezo a relatar la historia:

—Eustace detuvo el camión escenario en el arcén de la carretera comarcal. El mapa de carreteras nos había metido por un atajo y acabamos en medio de la nada…

Media hora más tarde termino mi declaración añadiendo la última frase:

—Y así, señor inspector, es cómo hemos llegado hasta aquí.